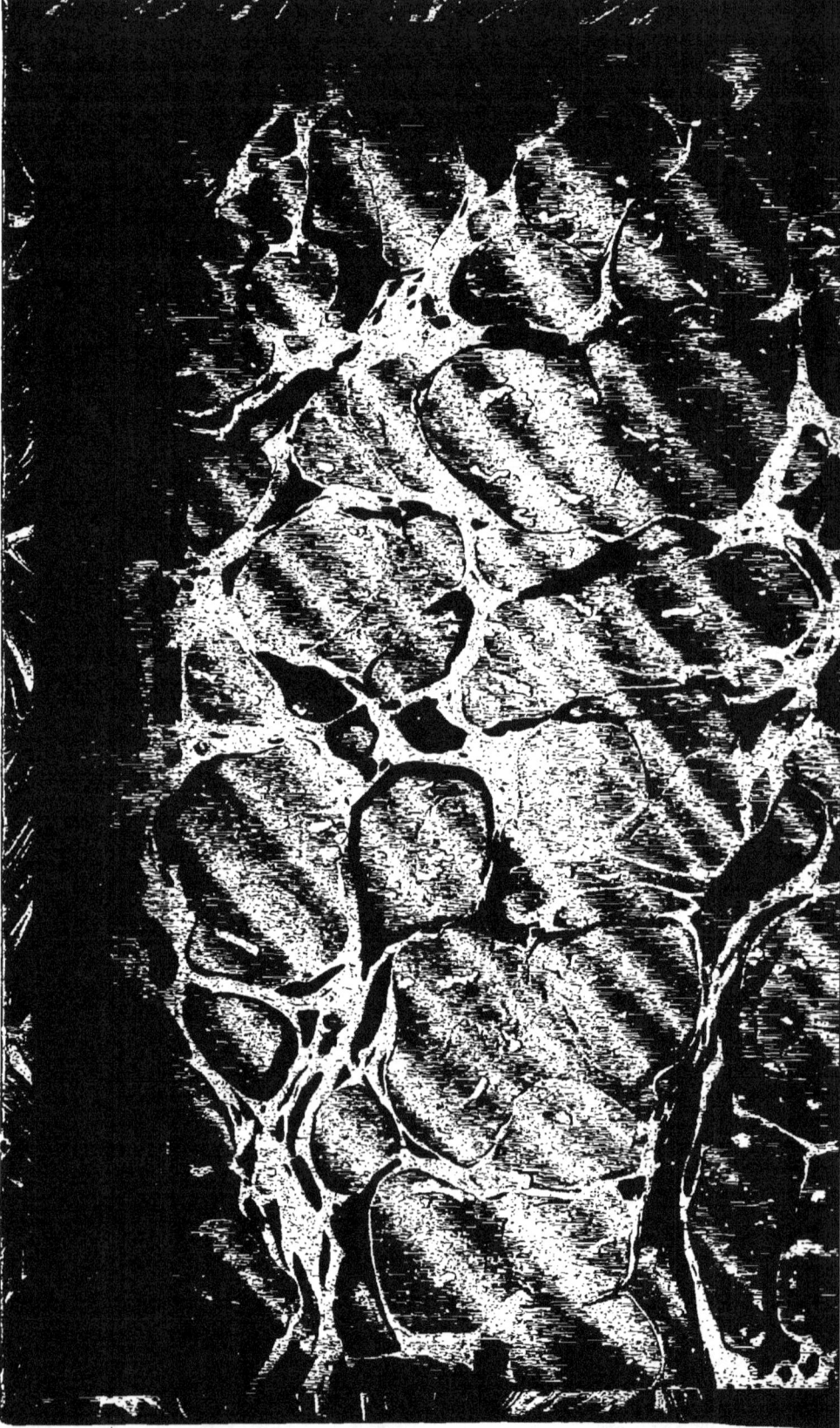

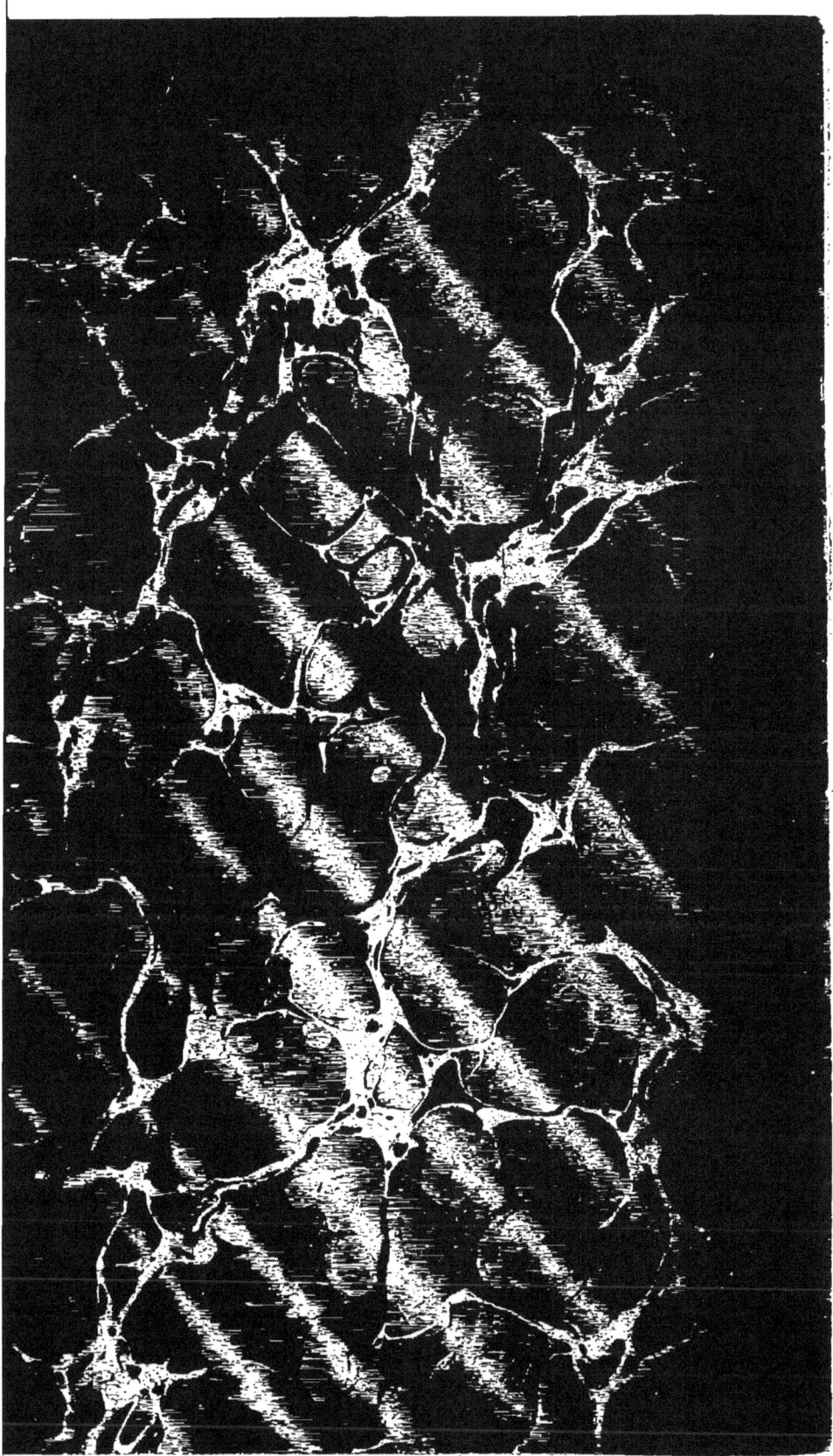

DEUXIÈME ÉDITION

PROPOS

DE

THOMAS VIRELOQUE

PAR

JULES LERMINA

PARIS

E. ET F. PACHE & MARC DEFFAUX

LIBRAIRES-ÉDITEURS.

164, rue de Rivoli, 164

1868

PROPOS

DE

THOMAS VIRELOQUE

PROPOS

DE

THOMAS VIRELOQUE

PAR

JULES LERMINA

PARIS

E. ET F. PACHE ET MARC DEFFAUX

LIBRAIRES-ÉDITEURS

164, rue de Rivoli

1868

I

PORTRAIT

I

PORTRAIT

———◦—◦◦—

Un homme passe le long du chemin.

Il est grand, sa forte tête se balance sur de larges épaules.

Une sorte de manteau, ample guenille, dissimule sa silhouette que l'on devine osseuse et décharnée, à voir ses jambes qui, sans chair, toutes de muscles et d'os, se terminent en pieds maigris, ballottant dans des chaussures sans semelles ni talons, lézardées de hiatus.

L'homme n'est que haillons, mais ces haillons ont une allure singulière.

Ces épaules, ce manteau, ces dentelures, ces chaussures qui ne sont même plus rapiécées, ces sandales qui ont été bottes, tout cela est fortement campé, vigoureusement établi. Cela prend possession du sol où cela marche, et quand cet homme touche la terre de son bâton aussi long que lui, il ne s'appuie pas, il frappe.

Cet homme, c'est Thomas Vircloque.

Ne l'appelez pas Diogène; car Thomas ne demeure pas dans un tonneau: il ne demeure pas. Il va.

Il ne daignerait même pas dire à Alexandre: Retire-toi de mon soleil.

Il ne demande rien; il prend ce qui est à lui, de par droit et justice : air, lumière et liberté! Quand on le gêne, il hausse les épaules, regarde le roquet jappant après lui, dogue, et s'en va.

Ne l'appelez pas Don César de Bazan; car fût-il de Bazan, comte de Garofa; eût-il pour ancêtre Iniguez d'Iviza; le marquis de Finlas le nommât-il son cousin, Thomas Vireloque n'en dirait pas moins avec un rire goguenard :

—·L'histoire ancienne, mes agneaux, c'est mangeux et mangés, blagueux et blagués; c'est la nouvelle.

Ce n'est pas un vagabond, car il peut toujours dire: je viens d'ici et je vais-là.

Ce n'est pas un mendiant; les hommes lui semblent trop pauvres pour qu'il ait rien à solliciter d'eux.

Ce n'est pas un cynique; il méprise trop pour chercher à étonner.

*
* *

Regardez face à face ce masque sardonique, Thomas est laid.

Dans la contemplation, son front s'est contracté.

Sa lèvre s'est tordue à force de tristesse.

Pour mieux contempler les infiniment petits de la conscience, il porte lunettes : mais le plus souvent, les verres grossissants lui sont inutiles. Le mauvais et le faux sont visibles à l'œil nu, et Thomas remet les lunettes sur son front, comme si le cerveau seul avait besoin de microscope.

Sa bouche est large, assez pour se remplir de dédains et de colères.

Ses dents sont rares, mais longues assez pour mordre.

Son front est creusé de rides : réflexion veut sillon.

Thomas est borgne ; s'il voyait des deux yeux, il mépriserait trop.

Ses cheveux sont incultes et sa barbe impeignée.

Son nez est à demi écrasé.

C'était jadis l'homme de la lutte, du hasard, de l'imprévu.

Il a laissé son œil dans une bagarre : la cloison ethmoïdale a été brisée dans une rixe... du temps qu'il *séparait* encore.

Maintenant il regarde ceux qui se battent et murmure :

— Frères, possible ! mais pour cousins... pas cousins !

Pourquoi porte-t-il une serpe au côté ? C'est une vieille habitude, il a si longtemps tenté de couper la mauvaise herbe.

Thomas Vireloque sait ; mais ce qu'il sait, il le garde en lui-même.

Ses mains osseuses ne se lèvent plus pour frapper ; mais le doigt désigne ceux que sa bouche accuse.

L'homme s'est fait paria pour être libre.

Il n'a pas d'amis,... ou si peu.

On ne le connaît pas : il passe, grand et l'œil lucide, au milieu des groupes qui s'étonnent. Et alors de ses grosses lèvres tombent des mots qui ont un sens, comme les caractères inconnus du *MANE, THECEL, PHARES*......

1.

Et à peine a-t-il dit qu'il est déjà passé.

. ' .   .   .   .

— Misère et corde ! dit un jour Thomas Vireloque,
l'homme, c'est deux grandes familles :..... famille de
parleux... famil..e d'écouteux ! Si les écouteux enten-
daient de bonnes choses, peut-être bien qu'ils devien-
draient meilleurs... c'est bon, le mépris... mais quand on
se fait vieux, il faut revoir, pour continuer de savoir.

Le monde tourne... peut-être bien qu'il change. Il y
a quarante ans que je l'ai quitté !... misère et corde !...
allons voir !

*
* *

Et Thomas Vireloque ramassa son bâton, affermit son
manteau sur ses épaules avec un bout de ficelle, gratta
ses pieds sur une pierre .. et entra dans Paris.

II

LA MORT

II

LA MORT

Rue des Martyrs. Un corbillard de deuxième classe monte péniblement vers le cimetière Montmartre. Panaches aux chevaux et à la voiture. Une croix de la Légion d'honneur sur le drap mortuaire. Des prêtres.
On suit à pied. Puis viennent cinq voitures vides.

PREMIER GROUPE.

LE FILS, trente ans, très-pâle. — Il est appuyé sur le bras d'un frère du défunt.
Ils pleurent. Silence prolongé.

DEUXIÈME GROUPE.

LES AMIS INTIMES. — Attitude contrite. Regardent à terre et tiennent leur chapeau à la main. Parlent peu et à voix basse.

L'UN D'EUX, *bas à son voisin.* — Avez-vous de la monnaie, vous? moi, je n'ai pas pensé à changer, et je n'ai pas envie... vous comprenez... à la porte du cimetière. il y a des mendiants.

L'AUTRE. — J'ai pris mes précautions.

TROISIÈME GROUPE.

LES INVITÉS NOMBREUX. — Les uns marchent au milieu de la rue, les vieillards ont leur chapeau à la main, les hommes dans la force de l'âge l'ont remis sur leur tête. Là le cortége manque de régularité; quelques-uns ont pris le trottoir.

THOMAS VIRELOQUE, *qui passait, s'arrête et regarde.*
Les vieux... chapeau bas... misère et corde!... saluent la Camarde dont ils ont peur... les autres la narguent... les femmes, elles pleurent ... fausses nattes et fausses larmes... beau convoi... le défunt était riche... trop riche pour être regretté.

QUATRIÈME GROUPE.

LES VOITURES DRAPÉES.

LES COCHERS. — Hue donc, cocotte! Feignante... il ne va pourtant pas vite, c'gas-là!

LES CHEVAUX. — En allant, c'est le cimetière... En

revenant, c'est l'écurie. Ça monte pour aller, ça descend pour revenir.

On entre au cimetière.

Les invités se divisent, et tout en suivant le cercueil jettent un regard sur les monuments:

— Tiens, famille Allard... j'ai connu un Allard qui était un homme de rien. Il est peut-être là.

— Ah! cette épitaphe! elle est assez baroque!

— C'est amusant de se crotter comme celà? un pantalon de perdu.

— Tenez, regardez donc! comme la petite Claire a de jolies jambes.

— Chut! on arrive.

On a placé le cercueil sur le bord de la fosse. Un des amis se détache du groupe et va se placer auprès du corps: il paraît très-ému et porte son mouchoir à ses yeux. Seulement il se détourne pour regarder un petit papier caché dans sa main droite.

Silence général.

L'ORATEUR, *d'une voix étranglée par l'émotion, émotion naturelle à tous les conférenciers qui débutent :*

Une tâche douloureuse... m'a été imposée .. mais... l'ami que nous accompagnons à sa dernière demeure... auquel... auquel nous rendons les derniers devoirs.. est de ceux qui ont droit à être salués d'un adieu suprême...

Ici l'orateur tousse et promène sur l'auditoire un regard satisfait. Le uns écoutent avec recueillement, d'autres ébauchent un sourire.

A TRAVERS LES PENSÉES DE LA MAJORITÉ. — Pourvu

qu'il ne soit pas trop long!... J'ai les pieds gelés!
Et moi qui ai oublié mon cache-nez!... Hum! hum!
maudit brouillard!

L'ORATEUR. — Pauvre ami! il y a quelques jours à
peine.... nous causions avec lui.... C'était une de ces
conversations substantielles et instructives dont il avait
le secret, secret qu'il emporte avec lui dans la tombe...
Il nous rappelait en quelques paroles modestes les services
que l'homme de bien peut rendre à la société... et cette
énumération, Messieurs, il semblait oublier qu'elle con-
stituait sa propre histoire.

LA MAJORITÉ, *à part*. — Modeste, ah! oui, parlons-en!

L'ORATEUR. — Du reste, ses services avaient été di-
gnement récompensés par le juste discernement d'un
gouvernement éclairé... Chargé d'un poste de confiance
dans une de nos plus grandes administrations, il s'était vu
honoré, jeune encore, de cette distinction si enviée qui
ne s'accorde qu'aux individualités de premier ordre...
il avait été décoré de la Légion d'honneur! Ah! ce jour-
là, Messieurs, cette âme forte eut un moment de jouissance infinie, son cœur tressaillit sous l'étoile de l'honneur..., il se sentait compris, il se sentait apprécié...

QUELQU'UN, *à part, avec attendrissement*. — Et quel
excellent diner il nous a fait faire à cette occasion... Il
y avait notamment certain faisan aux truffes...

L'ORATEUR. — Sa probité, son exactitude étaient pro-
verbiales, et pendant plus de trente ans, il n'eut d'autres
intérêts que ceux de l'Etat auquel il avait consacré toutes

ses capacités... La mort est sans pitié, Messieurs!
Maintenant cette main est froide, cette bouche est muette,
ces yeux sont fermés à jamais...Pauvre ami! fallait-il
que nous venions... que nous vinssions... t'accompagner
ici, toi, dont nous sommes les aînés... cette dernière
douleur devait-elle nous être réservée de te survivre...

(*Pensée intime de l'orateur:* En rentrant, je vais me
commander un loch!)

L'ORATEUR. — Je le répète, la mort est sans pitié...
Ah! cruelle, il fallait le laisser auprès de nous, cet ami
fidèle; il fallait que cette main estimée nous fermât les
yeux... mais non, tu es aveugle! tu frappes au hasard...
Adieu! et que nos regrets te suivent jusqu'au seuil des
régions heureuses où ta place était depuis longtemps
marquée!...

Émotion. L'orateur a mis la main sur ses yeux. Il
entr'ouvre les doigts pour inspecter les visages. Un murmure d'approbation lui répond, et quelques voix répètent : *Adieu! adieu!* Les femmes pleurent, on entend
le jeu des mouchoirs.

Puis tous boutonnent fortement leur paletot et relèvent
leur collet.

Pendant ce temps, un corbillard des pauvres s'est arrêté à quelques mètres de là, à la fosse commune.

THOMAS VIRELOQUE se dirigeant vers le nouveau groupe.
— Misère et corde! bien parlé! fosse veut fausseté

Un instant après, Thomas est au bord de la fosse du
pauvre: il est debout, sa figure est souriante. Tous se
regardent avec étonnement:

Il promène sur les quelques personnes qui sont là un regard clair et profond, puis il dit :

— Egoïstes! Pleurer, pourquoi? La mort est gaie pour celui qui s'en va. Il a souffert, il ne souffre plus. Il a pleuré, il ne pleure plus. A l'heure qu'il est, vous le regrettez, savez-vous pourquoi?

Toi, femme, c'est ton pain quotidien qu'on a enfoui là-dessous ;

Toi, enfant, c'est le sourire et les joujoux du père ;

Toi, ami, c'est la camaraderie et les chansons.

Tout cela va vous manquer, et vous pleurez! Sur qui? Sur vous, et non sur lui.

Lui n'a pas besoin de vos pleurs, il n'a besoin de rien. Il a le bonheur, le repos. Il dort, ne l'éveillez pas. De vos larmes, la plupart sont hypocrites. Essuyez-moi donc cela. Il ne vous voit pas. Taisez-vous, il ne vous entend pas. Pleureurs de tombeaux, poseurs! il faut qu'on dise autour de vous que vous le regrettez, parce que c'est bien porté. Mais si vous l'aimiez véritablement, vous auriez le visage joyeux et le cœur content!

Pour la première fois, cet homme chômera aujourd'hui sans avoir faim demain. Il est libre, il est heureux.

Riez donc! riez donc! si vous l'aimiez.

Vos pleurs sont égoïstes !

Et Thomas Vireloque s'éloigna lentement.

III

LE DUEL

LE DUEL

———

Ce jour-là, Thomas Vireloque avait fui la grande ville : c'était pendant les premiers jours du printemps ; la nature chantait son réveil, le soleil s'était levé, blanc et radieux. Tout invitait à la paix, au calme, à la réflexion. L'esprit se rassérénait dans cette sérénité universelle.

Où allait-il ? Il n'en savait rien. Droit devant lui. Après les palais des rues centrales, il avait rencontré les maisons des quartiers aisés, puis des bicoques, des ruelles perdues, puis une route, puis des arbres, puis des buissons.

Et avisant sur un des côtés du chemin quelque chose comme un fourré, le philosophe fatigué avait jeté son bâton sur la terre, avait écarté les broussailles et s'était étendu.

Il s'était mis sur le ventre ; sa tête soulevée s'appuyait sur ses mains, et ses coudes faisaient des trous dans l'herbe.

Il songeait, il se souvenait.

— Ainsi, murmurait-il, tout est paisible. L'oiseau chante et la nature murmure. L'homme est-il si méchant que je l'ai cru? Non! Devant ce renouveau du monde qui sort de l'assoupissement de l'hiver, toutes les âmes s'entr'ouvrent et jettent au vent leurs effluves affectueuses. Les haines fondent avec les dernières neiges, les aspirations sympathiques frissonnent avec les premières feuilles. Et moi, je regarde tout cela. Ces senteurs tombent sur mon scepticisme comme une rosée d'amour. Je me sens meilleur, il me semble que mes dédains, vieilles racines, fleurissent en espérances, fraîches éclosions... O homme! tu serais si grand si tu étais bon, si tu étais juste!...

Thomas s'abîmait ainsi dans la contemplation de je ne sais quel idéal. La nature a de ces ivresses qui excitent le cerveau en le rafraîchissant, faisant jaillir les pensées de calme, comme les gaz qui ne se dégagent qu'à une tempéarture glacée.

. . . .

Sept hommes s'avancent avec précaution à travers le bois.

Deux groupes et un homme marchant seul.

Que viennent-ils faire au milieu de cette paix universelle?

Pourquoi dans chacun des deux groupes y a-t-il un homme pâle, levant le front d'un air d'impassible défi?

Pourquoi les autres sont-ils graves, recueillis et paraissent-ils réfléchir si profondément?

Pourquoi celui qui marche seul porte-t-il une sorte de boîte qui ressemble à une trousse?

Pourquoi dans cette troupe n'échange-t-on pas un mot, pas un sourire?

Ah! il y en a qui portent une chose longue, enveloppée d'une espèce de gaîne, qui cliquette à chacun de leurs pas.

Quatre de ces hommes se sont éloignés ensemble, tandis que les trois autres sont restés à l'écart, sans se regarder, sans se rapprocher.

Cela a duré quelques minutes. Puis deux sont revenus et ont dit : C'est fait.

Alors ceux qui étaient pâles ont légèrement rougi ; on leur a pris le bras en leur murmurant quelques mots à l'oreille.

. . . .

C'est un duel.

Les deux adversaires sont face à face, le jarret replié, le bras courbé, l'épée droite à la hauteur de l'œil. Les fers se croisent.

Cliquetis, Tierce !... Quarte !... Bien ! touché ! non ! rien encore. Ils sont habiles. Ils s'animent peu à peu. L'un a rompu, l'autre avance..... il se fend..... coup droit.

Rien ! l'autre a fait un bond en arrière et est revenu rapide à la riposte..... bien paré !..... Ils se regardent et d'un consentement mutuel, ils baissent le fer.

Rien de fait !... c'est à recommencer.

Les témoins adressent un sourire à leur tenant....

Une minute !

— Allons !

Et ils retombent en garde.

Epées croisées qui s'entre-choquent, poitrines qui se soulèvent, yeux qui s'allument.

Puis tout à coup un bâton qui frappe violemment sur le fer, et les deux épées qui, échappant à la main des deux combattants, tombent sur le sol...

D'où est venu cela !

Thomas Vireloque est debout qui regarde et s'est croisé les bras.

. . . .

— Qui je suis ? ce que je veux ? mon droit ? Ah ! misère et corde, pas tant de clameurs ! vous m'assourdissez... Qui je suis ? un homme en face de fous. Ce que je veux ? empêcher le mal. Mon droit ? il vient de ma force... Ce mot vous étonne ? N'ayez crainte ! Je ne suis pas un bandit, et vos bourses sont sauves, mieux que ne l'était, il y a un instant, la vie de ces gens-là... Allons ! du calme, que diable ! messieurs les témoins et les conciliateurs, ou vous ferez connaissance avec certain moulinet... Et vous, messieurs les furieux, les altérés de sang, quittez donc ces visages exaspérés, ils ne sont que comiques (*il ramasse une épée*). Misère et corde ! se battre avec cela (*il ploie le fer et le casse*) ; bonne longueur maintenant. Des poignards ! Allons ! des mouchoirs à vos mains. Empoignez-moi cela et en garde !

UN DES TÉMOINS. — Pardon, bonhomme. Après tout, votre intervention un peu... brusque me paraît due à un bon sentiment. Vous craignez qu'il n'y ait mort d'homme. Rassurez-vous, nous sommes là, et nous arrêterons le duel au premier sang.

THOMAS. — Au premier sang! ah oui! je me souviens, j'ai entendu parler de cela autrefois. On se bat pour une futilité ridicule, pour un niais mouvement d'amour-propre piqué... tout cela veut du sang, mais si peu, si peu! Il en faut en effet bien peu pour laver une pareille tache...

UN DES ADVERSAIRES. — Mais, Monsieur, tout cela nous ennuie. Allez conter vos phrases sentimentales à qui voudra bien les entendre; pour nous, cela nous fatigue!

L'AUTRE. — Arrière! ou bien...

THOMAS, *sans écouter.* — Ils se battent, parce que dans les cafés qu'ils fréquentent, on a parlé de leur querelle; parce que les bons petits camarades ont envenimé et grossi le différend; parce que leur vanité a été mise en jeu par les parasites oisifs qui grouillent à droite et à gauche... ils se battent pour cela et non pour autre chose... Misère et corde! race imbécile!

TOUS. — En voilà assez! arrière, mendiant!
L'un d'eux porte la main sur Thomas, qui se redresse et d'un geste fait faire demi-tour à l'imprudent. Puis, d'un autre mouvement, il soulève la paupière de son œil borgne. On voit une sorte de trou noirâtre, hideux.

THOMAS. — Tenez! messieurs les duellistes, regardez cela. Ah! vous parlez de duel! Misère et corde! les enfants! savent-ils ce que c'est? Vos duels ridicules, petits, mesquins, folies de myrmidons, plaisanteries de

pygmées. Qui dit duel dit haine. Qui donc se hait ici ?
Qui dit duel dit mort. Qui donc sera tué ici ? Qui dit duel
dit vengeance ! aveugle, furieuse. Où donc est votre fu-
reur ? Ah ! vous voulez vous battre.

Il y a de cela vingt ans, j'étais encore jeune. C'était la
vigueur, c'était l'élan, c'était la vie. J'aimais, mieux,
j'adorais une femme. Elle s'appelait Louise. Elle était
ma compagne, ma fidèle, mon moi, mon tout. Elle
m'aimait. Elle le disait, et c'était vrai. Je lui avais voué
ma vie, ma force. De mon avenir j'avais fait le plan, et
au premier rang, c'était elle, toujours elle, belle, bonne,
intelligente, courageuse, dévouée à moi, comme j'étais
dévoué à elle. Ma vie était faite par elle et pour elle. Je
ne voulais plus rien, je ne désirais plus rien. Je n'avais
plus qu'une chose à faire, travailler. Et travailler c'était
vivre doublement, puisque mes efforts étaient compris
et qu'elle me disait : Courage ! tu es bon et je t'aime.

Un jour, un soir plutôt, misère et corde ! un lâche
vint chez moi. J'étais absent. Lui aussi l'aimait. Comment ? de cet amour brutal qui cherche l'ignoble satisfaction d'un désir brutal. Elle l'accueillit sans défiance.
Elle le connaissait. C'était mon ami... mon ami !

Il lui demanda à boire. Elle choqua son verre contre
le sien. Mais elle avait tourné la tête, et dans ce verre
qu'elle portait à ses lèvres avec un sourire, il avait jeté
je ne sais quelle ignoble liqueur... elle devint folle, lui
pressant. Elle ne comprenait pas, elle ne savait plus,
elle ne voyait plus... Ignoble ! atroce ! horrible ! Elle
était folle, il l'avait enivrée... elle fut ivre !...

Quand je revins, elle était seule, dormant à demi.
Elle passait sur son front ses mains dont elle relevait

ses cheveux. Ses yeux s'ouvrirent hagards, démesurés.
Elle me reconnut, poussa un cri...

Dix minutes après, je savais tout.

Un duel! non pas! c'était un assassinat qu'il me fallait.

— Pauvre ! pauvre ! m'écriai-je. Tu ne m'as pas
trompé, car tu m'aimes et tu sais que je t'aime. Ce
souvenir ne peut rester entre nous. Il y a un gouffre
qu'on ne peut combler qu'en y jetant un cadavre. Je
veux le trouver, je le trouverai.

Et je courus chez lui. Il n'y était pas. J'attendis,
couché en travers de sa porte, guettant comme une bête
fauve.

Il rentra le sourire aux lèvres, le front railleur, l'œil
brillant.

Je saisis mon couteau, le serrai avec une énergie telle
que les ongles m'entraient dans les chairs, et je levai
le bras.

Lui ne poussa qu'un cri:

— Assassin !

Et mon bras retomba sans avoir frappé. Je ne voulais
plus assassiner. Mais je haïssais, mais je voulais me
venger, me repaître de la vengeance, savourer, déguster
la vengeance.

Je lui dis : Viens!

Il me comprit. Il mit un couteau dans sa poche et
nous allâmes, côte à côte, dans une masure isolée que
nous connaissions. Nous fermâmes la porte tant bien
que mal. Chacun de nous se posta à l'un des angles du
mur, puis nous nous jetâmes l'un sur l'autre.

— Duel! duel ! Ah ! voilà le duel ! Cet homme, je ne

voulais pas seulement le tuer, je voulais qu'il souffrît.
Oui ! c'était le vrai duel, car je haïssais effroyablement ;
tous mes appétits, toutes mes vigueurs, toutes mes énergies s'étaient concentrées dans ce seul mot : Haine !
haine ! Nous nous ruâmes. C'était un horrible heurte-
ment de deux corps. Les bras se relevaient et retom-
baient... nous étions enlacés... nous dégageant dix
fois, dix fois nous nous ressaisissions, le sang coulait...
Misère et corde ! il clapotait sur nos fronts.. éclabous-
sant nos poitrines... Haine ! car lorsque je le tenais,
lorsque je sentais le couteau pénétrer dans sa chair,
je rugissais et je tournais l'arme pour que la blessure
fût plus atroce... Un moment, je tombai... il se rua
sur moi et son couteau s'abaissa... un jet de sang
jaillit de mon front et le frappa en plein visage... il
m'avait crevé l'œil.. et, dans la convulsion de cette
horrible torture, je le broyai entre mes bras devenus
barres de fer ; il cria et se tordit... Je me trouvai sur
lui à mon tour... Alors appuyant mon couteau à l'endroit où je sentais battre le cœur, je frappai... je me
penchai sur l'arme de tout mon poids... et l'arme en-
trait à ce point que le manche lui-même élargissait le
trou de la plaie. Eh bien ! oui, j'étais heureux, j'avais
l'ivresse de la haine. Il mourait, mais ce n'était rien, je
sentais que je lui faisais du mal... il râla et tout fut fini.
Je le regrettai, je frappai encore, et je me sentais furieux
de ce qu'il ne criât plus... Sauvage ! Misère et corde !
c'était le duel ! ! !

Rengaînez donc vos aiguilles à tricoter, nains qui
jouez au géant. Pour haïr, il faut être grands et vous
êtes petits. Le sang ne lave rien. La mort seule vaut

quelque chose. Elle supprime l'obstacle. Au premier sang ! Farceurs! C'est à la dernière goutte de sang qu'il faut dire, et ne parlez jamais de duel à moins que vous ne haïssiez assez pour que de cette dernière goutte de sang vous vous sentiez heureux de vous toucher les lèvres !

. . . .

— Bon sujet d'article, dit l'un.

— Il s'en va, reprit l'autre. Enfin! allons, messieurs, en garde !

IV

LE CLUB DES VIEILLARDS

IV

LE CLUB DES VIEILLARDS

———

Huit jeunes gens :

Jules Bérin, petit, maigre, pâle, œil animé, conversation emportée, geste saccadé, comme un pantin articulé de Nuremberg, dont un de ses contemporains a écrit : « Rien du matamore, de l'escogriffe ou du sacripant. » La figure fine qu'éclaire un œil fiévreux,... sympathique au public,... estimé de ses camarades, qui ont foi en ses convictions...

Emile de Saint-Genis, à la moustache drue, farouche... qui a beaucoup étudié, qui sait beaucoup, nerveux, emporté, parfois brutal... qui *tire à fond*.

Victor Nigra, gai, vif, enfant, gros et fort, bon et jovial, ayant des délicatesses de bébé et des bouderies de moutard, dévoué à ses idées.

Henri Robin, dit *le Mexicain*, réfléchi, pensif, qui murit sa pensée et creuse chaque jour les fondements sur

lesquels posent ses convictions, gros, généreux, plein
de spontanéité pour le bien, mains et front toujours ouverts, un bon cœur qui marche.

Georges Saltone, beau comme l'antique, fort comme
le Farnèse, l'œil noir, hardi et profond, amoureux des
femmes et de sa cause, allant au danger comme à
l'amour, esprit fin, causeur caustique et railleur
impitoyable.

Auguste Carol, tout méridional, tout vivace, patient
jusqu'à l'emportement, visant juste et voyant clair, barbe
et cheveux qui ont fait dire de lui : jamais on ne le
prendra pour un légitimiste.

E. A. S. dit *ceci*, dit *cela*, qui boite, mais marche vite,
l'œil grand et clair, nez mince, bouche âpre, n'admettant
aucun compromis, luttant contre la misère et la battant
de sa canne de claudicant et de sa main, calleuse à force
de porter le poids du corps et le poids de la vie.

Germain Raymond, grand, maigre, fatigué, ami de
Bérin qui est son ami, dévoué, conseilleur, froid tant
qu'il en est temps, emporté s'il le faut, tout courage et
tout nerfs.

Huit jeunes gens, liés, dévoués, unis, serrés autour de
l'Idée comme autour d'un drapeau, soutenant celui qui
trébuche, relevant celui qu'on pousse et qui tombe, marchant d'un pas infatigué vers l'avenir, riant des broussailles qui les égratignent et qu'ils brisent à coups de
volonté, hardis, enthousiastes, vivants...

Ils viennent de dîner et se disent:

— Allons prendre le café!

— Où ça?

— Toujours au même endroit, ne changeons pas nos

habitudes, d'autant plus que l'on peut causer. Brunac
nous dira la ballade :

> Je n'dict'rai plus mes Mémoires à Las-Cases,
> Approchez-vous, madame Montholon!

— Allons !

Henri à mi-voix : Mais j'y suis allé ce matin, et le garçon, je crois m'en souvenir, m'a averti que notre salle
n'était plus libre.

— Comment cela ?

— Il m'a parlé d'une réunion, d'un *club* qui avait
loué la place.

— Un club ! raison de plus, cela nous regarde.

— Allons !

Les jeunes gens marchent vers la rue Grange-Batelière.
Ils s'arrêtent sur le trottoir qui se trouve devant le passage Jouffroy, regardant l'entre-sol au-dessus du café qui
fait le coin du passage Verdeau, de l'autre côté de la
rue.

— Il y a du monde.'

— Et beaucoup... deux, trois, quatre ombres.

— Ce sont peut-être des consommateurs de passage...

— Saltone les fera fuir en expliquant ses théories sur
l'amour...

Thomas Vireloque sort du passage Jouffroy et s'arrête
auprès des jeunes gens.

— Qu'est-ce que vous regardez-là ? mes agneaux !

Mouvement de surprise. Mais tous possèdent leur Gavarni. Deux mots sortent de toutes les bouches : **Thomas
Vireloque !**

Et l'on salue instinctivement. Thomas n'est-il pas pour eux l'homme symbole de la Liberté, qui ne se plie à aucune exigence, et qui va devant soi de son pas lent et lourd, mais régulier, que rien ne trouble.

Jules qui le connaît lui montre les fenêtres.

— On nous a pris notre salle.

— Ah! c'est cela! misère et corde! mes agneaux, plus drôle que vous ne pensez. Vous êtes les jeunes, et ce sont les vieux qui vous chassent. Nature! les vivants plient bagage devant les morts. Il faisait chaud là-haut, il y fait froid, c'est tout!

— Expliquez-vous?

— Oui. Un club a pris possession de *votre* salle, comme vous dites: le *Club des Vieillards*...

— Des vieillards!

— Et tenez, le gaz éclaire, voyez ceci, et comprenez.

Thomas tira de sa poche une pancarte écrite en ronde admirable. Les jeunes gens écoutèrent Jules lisant à haute voix.

LE CLUB DES VIEILLARDS.

STATUTS.

Art. Iᵉʳ. — Il est formé, sous toutes les réserves d'autorisation légales et administratives, un club dit le *Club des Vieillards*.

Art. II. — Ne sont membres du *Club des Vieillards* que les hommes âgés d'au moins soixante ans.

Art. III. — Les membres du Club s'engagent à s'abstenir de tout commerce avec des jeunes gens autres que les fils, petits-fils ou descendants.

Art. IV. — Tout membre doit jouer le whist, la bouillotte, le boston, le bésigue, le loto ou l'oie. Les autres jeux sont absolument prohibés.

Art. V. — La lecture des journaux est interdite aux membres du Club, tant dans les lieux de réunion qu'à domicile.

Art. VI. — Dans leur langage et leurs conversations, les membres doivent éviter toutes expressions ayant un caractère moderne, notamment en ce qui concerne les dénominations de mesures ou monnaies. Le pied, l'aune, le sou, la livre, le louis sont seuls reconnus comme ayant une valeur réelle, et ainsi du reste, par déduction.

Art. VII. — Il est interdit de fréquenter aucun théâtre, à l'exception de la Comédie française, du théâtre de Madame et de l'Académie de musique.

Art. VIII. — Une stricte surveillance sera exercée sur les membres du Club, à l'effet de constater si les règles ci-après sont fidèlement observées.

Art. IX. — Dans les réunions de famille, les membres du Club devront s'opposer à ce que leurs fils ou descendants se livrent à aucune conversation ayant trait aux questions religieuses, philosophiques ou sociales : toute discussion, même sur les questions **artistiques, devra êtr e** sévèrement interdite.

Art. X. — Les enfants devront être habitués de bonne heure à l'indifférence en matière politique : leurs aptitudes devront être dirigées vers les professions sérieuses, telles qu'offices de notaires, avoués, huissiers, ministères, diplomatie ; des professions artistiques, il ne devra jamais en être question.

Art. XI. — Les épouses des membres du Club devront avoir un confesseur, lui confier la direction de la conscience de leurs enfants.

Art. XII. — Les filles devront être mariées dès l'âge de dix-huit ans, et à des hommes ayant au moins dépassé l'âge de trente-cinq ans ; il est bien entendu que les règles à observer à l'égard des gendres, quant aux professions, seront les mêmes que celles indiquées à l'article 10 ci-dessus. Cependant, les membres du Club sont invités à placer au moins l'une de leurs filles dans un couvent.

Art. XIII. — La dot [du gendre devra être au moins égale aux deux tiers de la dot de la jeune fille.

Art. XIV. — Les membres du Club devront écrire de leur propre main un état de leur fortune sous ce titre : *Espérances*.

Art. XV. — Cependant le mot *mort* doit être banni de toutes conversations tant au Club que dans les lieux ou se trouveront lesdits membres.

Art. XVI. — En cas de maladie grave, appeler un prêtre, afin de conserver les saines traditions.

Art. XVII. — Ne [jamais heurter de front aucun usage établi.

Art. XVIII. — Faire maigre les vendredi et samedi de haque semaine.

Art. XIX. — Envoyer régulièrement ses enfants à la 1esse les dimanches et jours fériés.

Art. XX. — Ne laisser pénétrer dans la maison paternelle ucun livre traitant de matières philosophiques et so- iales ; les publications dites érotiques devront être soi- neusement cachées et ne pourront être communiquées ux descendants qu'à de rares intervalles.

Art. XXI. — Le Club ne voit aucun inconvénient à ce que es membres se chargent de l'éducation de leurs en- ints, en ce qui touche les matières dites d'amour.

Art. XXII. — Les membres du Club devront s'opposer à e que leurs fils contractent aucune liaison sérieuse ; et rsqu'il aura été prouvé qu'une fille est enceinte des œuvres de l'un de leurs descendants, ils devront immé- iatement envoyer ce dernier dans quelque pays éloi- né au moins de quatre cents lieues. En aucun cas, ils ne evront autoriser la reconnaissance d'un enfant naturel.

. . . .

— Et ce sont ces gens-là qui ont pris possession de 1otre salle ? criaient les jeunes gens.

— Misère et corde ! mes agneaux, qu'est-ce à dire ? ieriez-vous d'humeur à revendiquer cette possession ?

— Certes !...

— Eh bien ! venez avec moi !

Thomas se drapa dans ses haillons, entra dans le café n faisant signe aux jeunes gens de le suivre ; puis ils se mirent en devoir de gravir l'escalier qui conduisait au premier étage.

Un garçon accourut en protestant :

— La salle du premier est louée !

— Au nom de la société, fit Vireloque, en s'arrêtant gravement sur une marche...

Le garçon ne comprit pas.

— Oh ! alors, montez, répondit-il.

Thomas acheva l'ascension, après avoir fait signe aux jeunes gens de ne point faire de bruit. Puis, il s'arrêta devant la porte qui se trouvait sur le palier et écouta :

— Le moment est bon ! attention !

Et vivement, donnant un coup d'épaule à la boiserie, il ouvrit cette porte et entra.

De petits cris retentirent, des chefs branlants, à cheveux gris se levèrent en clignant de l'œil. On vit quelque chose qui avait forme humaine s'enfuir en poussant un cri d'enfant. Il y eut tout un remue-ménage d'écoliers surpris...

Mais le président, homme grave, au front chauve et à la bouche lippue, courtaud et replet, se leva dans une espèce de chaire où il se tenait, et, prenant la parole :

— Qu'est tout ceci ? Quels sont ces perturbateurs ? Cette salle est à nous, nous l'avons payée de nos deniers et nous ne permettrons pas...

Thomas fit un pas vers la chaire, et d'un revers de sa large main la renversa : Un jeune garçon, d'une douzaine d'année, sortit de la cachette où il était blotti. Thomas le saisit par l'oreille et le jeta dehors ; puis, revenant au milieu de la salle et croisant les bras :

— Misère et corde ! ceci représente l'expérience, ceci
ndamne la jeunesse, ceci prétend arrêter le monde,
ci, voyez-le bien, jeunes gens ! car tandis que vous
archez, ceci recule, ceci résiste ; ceci, les ramollis, les
nteux, les usés de toutes les orgies et de toutes les
famies... Ceci a joui de sa jeunesse, a aimé, a rêvé,
espéré peut-être, qui sait encore... a travaillé. Aujour-
hui, ceci se réunit dans l'ombre, comme les gâteux
ii tremblottent à Bicêtre, et ceci s'imagine de dire à la
ciété : Tu n'iras pas plus loin...! Misère et corde ! Vieil-
rds, déjà pourris par avant-goût du tombeau, ne rou-
z pas, charognes nauséabondes, sur notre voie, ou
ous serions forcés de mettre le pied dans de sales
oses !... Ah! vos statuts !... statuts de lâches, qui fris-
nnent en entendant passer tout près les troupes vail-
ntes qui vont du présent à l'avenir... Vous, arc-boutés
à vos jambes débiles aux épaves du passé, vous croyez
e vos mains osseuses nous retarderont, retarderont
ux-là les jeunes !... Misère et corde ! que c'est sagement
lculé !... Qu'on vous laisse tranquilles ! dites-vous...
est là le sentiment de votre for intérieur... et pour ce
sultat, vous vous guindez, mirmidons raccornis, sur
tte chose à votre usage que vous appelez le respect de
i vieillesse !... vous respecter parce que vous êtes finis...
achines dont les rouages n'ont plus d'huile, dont les
viers rouillés pendent comme des bras paralysés !... ne
omprenant plus les passions vives et humaines, vous vous
oulez dans vos crapules d'impuissants, et, pères conscrits
e la débauche, vous montrez vos cheveux blancs... Respect
ux vieillards ! oui, s'ils se souviennent d'avoir été, s'ils se
ouviennent surtout qu'ils sont encore ; s'ils se servent

de leur expérience, non pour retarder, mais pour exciter
et encourager... Respect aux vieillards qui redisent les
chants vivaces qui les ont lancés jadis en avant, qui
rappellent les exemples donnés, les grandes actions ac-
complies... vieillards, bonzes de l'immobilité, vous êtes
des êtres nuisibles... de lassitude vous tombez sur notre
chemin comme ces obstacles qui font dérailler les chemins de fer... ils vous broieront, ces jeunes, et ce sera justice... statues qui n'avez du Memnon antique que la froi-
deur de son granit, aucun soleil levant ne vous fait plus
vibrer... pourriture qui tentez de corrompre notre torrent,
vous ne méritez rien que la drague qui nettoie et puri-
fie... Ah! les vieillards! l'obstacle, la négation, le recul...
Belle et grande chose que votre vieillesse... Misère et
corde! ne prenez point la place des jeunes... au besoin,
ils ouvriront leurs rangs pour vous laisser un coin...
réchauffez-vous à ces foyers, cadavres que vous êtes,
mais ne tentez pas de communiquer à ces membres tout
brûlants de vie votre desséchante atrophie... Hors d'ici!
allez voir les confesseurs de vos femmes, et lais-
sez-nous vos fils... Sur vos fils, vous n'avez aucun droit;
car ces fils appartiennent à l'avenir et vous êtes le
passé... hors d'ici!... hors de la vie... Vous tenez de la
place et mangez un pain que vous ne gagnez plus... hors
d'ici!... allez dans quelque nécropole frissonner en écou-
tant l'écho de notre voix, heurtant les murailles du sépulcre qui seul vous est dû... n'ayez crainte! On ne vous
touchera pas!... votre glace brûle... Mais ne touchez non
plus à rien de ce qui est jeune, de ce qui est pur, de ce
qui est actif... pleurez entre vous sur le monde qui vient...
mais, Tartufes et Baziles, ne vous opposez pas à notre

marche... Il y a encore des talons pour les reptiles...
Hors d'ici !

Et Thomas, de son bâton, chassa les vieillards qui
s'échappèrent en trainant leur corps-guenille. Puis il dit
aux jeunes gens :

— Parlez maintenant ! Misère et corde ! la mort
s'en va !

V

LETTRE A UNE SPIRITUELLE
AMBASSADRICE

V

LETTRE A UNE SPIRITUELLE AMBASSADRICE

Comme le disait une spirituelle ambassadrice :
« Nous autres, en France, nous nous
croyons au cabaret. »

(*Figaro* du 15 septembre 1867.)

Madame,

Il faut une bien grande hardiesse à un pauvre hère comme moi pour oser adresser la parole à une grande dame comme vous. Vous êtes en haut et vous regardez en bas; moi, je suis en bas et regarde en haut, plus haut même que vous, je dois vous le dire.

Or, avec cette gracieuse *préciosité* qui est l'apanage des gens de votre monde, au milieu de ce cercle de gilets et de bouches en cœur qui constitue votre cour, vous avez laissé tomber de vos lèvres des mots qui, jetés par vous insouciamment, ô toute belle, ont fait remuer en moi ce dont vous ne soupçonnez guère l'existence, avouez-le : ma dignité d'homme.

Misère et corde ! Je ne suis pas chauvin, et je m'inquiète peu que Français rime à succès ; mais, en dépit de tout, j'ai conservé cette illusion, ridicule à vos yeux, que la France marchait quand même à la tête de la civilisation : pour moi, ce vieux poncif : le cerveau du monde... sonne juste et vrai.

Vous êtes ambassadrice, ma charmante, et vous n'êtes pas fâchée de constater que la France est tombée bien bas. Cela vous flatte dans votre nationalité. De cela, peu ou prou, je me préoccupe. Supposez, s'il vous plaît, que le dernier de vos infirmiers battrait tout un bataillon de nos zouaves. Ce sont là fantaisies d'imagination que nous vous pouvons passer, et qui me touchent médiocrement.

*
* *

Mais que vous vous permettiez d'insulter la France intelligente, et, qu'affectant les allures du petit *grand siècle*, vous vous écriiez, en vous renversant en arrière et en jouant de l'éventail : « Nous autres, en France, nous nous croyons au cabaret, » c'est ce que moi, mendiant, je ne vous permets pas, ce dont je ne vous reconnais pas le droit.

Certes, cette formule: *Nous autres !* sent son talon rouge d'une lieue. *Nous autres*, c'est-à-dire, notre caste, notre monde, nous et non pas vous. Nous, les grands, les aimables, les heureux, les puissants ; nous, les hommes; vous, les autres. Si je savais le latin, je devrais dire en vous voyant passer : *Vera incessu patuit dea*.

Puis *cabaret*. Ceci, c'est du pur Ramponneau.

Pourquoi donc vous croyez-vous si bien au cabaret? Est-ce parce que vous êtes ivres, ou pensez-vous que nous le sommes.

Ivres, oui, spirituelle ambassadrice, vous *autres* l'êtes peut-être, ivres de vanité et de luxe, ivres de dédain pour ce qui est loin de vous et en dehors de vous, ivres d'ignorance de tout ce qui est l'avenir prochain, ivres de quiétude et de mépris pour qui vous laisse vivre!

Mais la France n'est pas, croyez-moi, un cabaret où l'on chante, où l'on boit. Ce cabaret a une histoire qui doit vous faire réfléchir, et où, à certaine époque, ce qui coulait à flots, ce n'était pas précisément du vin. De ce cabaret sont sortis des hommes qui ont régénéré par les idées que vous ne comprenez pas, l'Europe d'abord, l'univers ensuite.

Vous croyez que nous dormons sous les tables; c'est une erreur. Sommeil qui ne durera pas, soyez-en certaine.

Souvenez-vous encore du rôle de Brutus, méritant pendant bien longtemps le surnom de Brute, et se relevant un jour. Ne le prenez pas de si haut.

*
* *

Et regardez un peu autour de vous.

S'il est un monde où règnent les drôlesses et les intrigants, où l'on salue les chamarrures et les rubans, où l'on rit de ce qui est honnête, si ce n'est pas brillant; où l'on raille, où l'on dédaigne, où l'on se croit fortement impeccable et indiscutable; où l'on boit à petits coups le présent que l'on croit intarissable, oubliant le passé et dédaignant l'avenir, où l'on *sirote* de ridicules flatteries, où l'on trinque d'insolence et de fatuité; si ce monde-là existe, et si vous le connaissez, ô toute belle, là est bien en effet le cabaret de la France.

Cabaret où l'on trouve des filles et des hommes sans honneur.

*
* *

Vous vous croyez au cabaret, parce que vous voyez la France à travers toutes les ivresses.

Mais n'oubliez pas que de ce cabaret sont sortis les vainqueurs de la Bastille et les hommes de 1792.

N'oubliez pas que sur ce comptoir de marchand de vin, des mains se sont étendues pour prêter le serment du Jeu de Paume.

N'oubliez pas que lorsqu'on y chante, c'est Rouget de l'Isle qui bat la mesure.

N'oubliez pas, enfin, que sur la porte de ce cabaret nous n'avons pas encore voulu inscrire le *Lasciate ogni speranza.*

*
* *

Misère et corde! Spirituelle ambassadrice, ne vous croyez pas tant au cabaret.

Nous vous dirions trop, à notre tour, ce que vous faites de la France.

Sur ce, et en m'excusant de la liberté grande, je vous présente mes respectueux hommages.

THOMAS VIRELOQUE.

VI

LES PRIX DE VERTU

VI

LES PRIX DE VERTU

———∂—❀—❦———

Moi, Thomas Vireloque, je ne suis pas de ceux qui s'ennuient d'entendre appeler Aristide le Juste : Aristide avait l'originalité d'être honnête, et il est bon de parler de ces spécialistes-là.

Mais, d'autre part, lorsque l'appréciation, le titre, le surnom reposent sur une erreur et sur une notion fausse des principes les plus élémentaires, je m'insurge et je proteste.

Ce monsieur de Monthyon, pour une somme de... qu'il eût pu, s'il eût vécu de notre temps, placer sur l'emprunt mexicain, a acheté des rentes de popularité, rentes perpétuelles inscrites au grand livre de la panur-gerie humaine.

Or, misère et corde! je dirai brutalement mon opinion; l'idée de M. Monthyon de couronner chaque année un être vertueux, est entachée d'immoralité au premier chef.

*
* *

Hier a eu lieu l'assemblée annuelle de l'Académie française pour la distribution des prix de vertu. Vous avez lu le compte rendu de cette petite fête de famille. La corde *sensible* a vibré ; mais je joue sur une toute autre corde, et je ne mettrai pas de sourdine au risque de rompre trop brusquement l'accord.

IL EST ABSURDE de couronner la vertu, ni plus ni moins que les cochons gras de M. de Falloux.

IL EST ABSURDE de poser en principe que la vertu, dont le titre calme est la *probité*, est une excentricité, et que, pour pousser nos contemporains à être honnêtes, il est nécessaire de leur promettre un *boni* de..., exactement comme après la vente d'un pantalon au Mont-de-Piété.

Et ne croyez pas même que j'aie le bénéfice de l'originalité, ni de la priorité de mon opinion.

La Convention a aboli les prix de vertu.

*
* *

Pourquoi ?

Ne perdons pas de vue ceci que de notre temps, et tant que nous pataugerons dans le bourbier, la vérité paraîtra toujours paradoxale, Thomas Vireloque sera Diogène : on l'appellera Cynique. Il semble que je prenne plaisir à saisir corps à corps l'idée acceptée de tous et à la *tomber* à la façon du terrible Savoyard.

Mais, misère et corde ! ai-je donc tort quand je dis :

— L'homme qui a été juste n'a fait que son devoir.

Or, être juste, dans la sublime, c'est-à-dire, dans la logique acception du mot, c'est faire corps avec la collectivité de ses semblables ; c'est être pour eux ce qu'on voudrait qu'ils fussent pour soi ; c'est être bon, c'est être humain...

Etre humain, c'est mériter le nom d'homme.

Qui n'est humain est brute !

*
* *

Or, s'il vous plaît, examinons un peu les titulaires auxquels l'Académie décerne à grands cris de réclame des récompenses pécuniaires.

Je prends un exemple, le plus saisissant, le plus complet, et j'emprunte au rapport même de l'Académie ses termes enthousiastes.

« Maître Hyacinthe a été dénoncé à l'Académie française par la reconnaissance de ses concitoyens ; depuis 1841, en effet, sa généreuse activité ne s'est pas un instant démentie ; les témoins les plus irrécusables du petit port de Blainville et de la ville de Coutances nous racontent les luttes heureuses qu'il a engagées contre la mer pour lui disputer ses victimes. C'est un pauvre enfant que Forcel retire des flots ; l'enfant a perdu connaissance, Forcel le frictionne, le roule sur le sable, le couvre de son corps, le réchauffe et lui rend la vie.

« En 1852, un patron de barque et ses deux matelots sont jetés sur les brisants au nord de Blainville ; pour

les. sauver, il faut s'exposer au même péril, sans grande
chance de réussir. Forcel n'hésite pas cependant, et il a
le bonheur de les ramener au rivage. En 1857, sept
hommes, venus de loin pour récolter des varechs sur les
roches de Chausey, ont fait un immense radeau qu'ils
dirigent vers la côte ; une bourrasque survient, le frêle
radeau est poussé à trois milles au large, la mort de ceux
qui le montent est certaine ; Forcel le voit, s'élance sur
sa bonne barque avec deux de ses camarades, et sauve
les sept malheureux, qui ne comptaient plus sur aucun
secours humain.

« Ce courageux marin, vous n'en serez pas étonnés,
messieurs, est en même temps le meilleur des hommes.
Il s'est marié un peu tard avec une femme qui avait
un garçon d'un premier mariage. Maître Hyacinthe est
devenu pour cet enfant le père le plus tendre, et n'a
cru pouvoir faire mieux que de le préparer au rude et
noble état dans lequel il a lui-même passé sa vie ; mais
à quelles épreuves il le soumet... etc. »

Eh bien ! monsieur Monthyon, permettez-moi de discuter un instant, moi indigne, avec votre personnalité
immaculée :

Vous êtes dans un port de mer : vous êtes vigoureux,
agile et brave : toutes qualités naturelles. Un enfant
tombe à la mer...

Vous n'employez pas toute votre énergie à le sauver...
Non ! vous restez, du rivage, tranquille spectateur de
son agonie.

Vous êtes un misérable ! rien de moins.

Au contraire vous obéissez à la voix de la conscience, de la justice; vous faites pour l'enfant ce que vous voudriez qu'on vous fît pour le vôtre....

Et vous prétendez avoir droit à une récompense quelconque! C'est immoral. Votre dévouement n'est plus qu'un placement, irraisonné, je le veux bien, mais théoriquement, c'est de l'usure ; je demande une loi de 1807 morale.

De plus, vous vous mariez, vous êtes bon époux et bon père.

Quid ? ceci est donc antinaturel, extranaturel pour mieux dire ?

Allons donc ! toujours la même chose, vous ne faites que votre devoir.

Donc vous n'avez personnellement droit à aucune récompense.

*
* *

Laissons de côté la personnalité des honnêtes lauréats.

Je prends un type, un idéal.

L'homme que je veux peindre, *justus ac tenax propositi*, possède toutes les vertus, toutes les délicatesses, toutes les grandeurs, il adore son père infirme et le nourrit, il est le compagnon dévoué de la compagne choisie, il est l'éducateur, le soutien, le père en un mot du fils qu'il a conçu... C'est l'homme de l'avenir, de la rénovation morale ; il est ce qu'il faut être, ce que sera l'humanité quand elle se regardera vivre et comprendra la

nature éminemment scientifique et logique de la justice... je le répète, cet homme est le type...

Vous, Monthyon, vous donnerez trois mille francs à
cet homme !

Moi, je lui donnerai la main.

Vous lui direz : C'est sublime ! moi je lui dirai : C'est
bien !

*
* *

Mysticisme, c'est faiblesse. L'exaltation nous perd,
l'idéal nous enivre. La terre, la vérité, la justice nous
réclament.

Vertu, c'est idéal ; *Honnêteté*, c'est vérité.

Récompenser l'homme honnête, c'est nier la nécessité, le devoir de l'honnêteté. Récompenser le dévouement, c'est nier la solidarité en tant que loi indiscutable.

Vos prix de vertu, comme rémunération d'obligations
remplies, constituent une contradiction morale.

Reste la publicité donnée à ces actes méritoires.

Ici, nous sommes d'accord. Que la presse n'ait pas
assez de caractères pour répandre dans les masses les
salutaires impressions qui ressortent des exemples donnés, j'applaudirai des deux mains. Peut-être encore la
satisfaction donnée aux *honnêtes* est-elle une super-
fétation. Mais enfin la perfection est difficile à atteindre.

Composez chaque année un recueil, une *Morale en
action*. Bon ! très-bon ! cela fera balance à ces tristes
exhibitions des journaux judiciaires.

Mais respectez avant tout le principe de justice et de
evoir. Ne dites pas à l'homme : Tu as été bon, donc tu
s droit à quelque chose.

L'homme juste n'a droit qu'à une seule chose : au nom
'homme.

*
* *

Et moi, Thomas Vireloque, je dis :

Monsieur Monthyon, votre fondation morale est théoriquement et essentiellement immorale.

VII

LA PEINE DE MORT

VII

LA PEINE DE MORT

Une heure du matin. Boulevard des Italiens. Des lumières, du mouvement ; des voitures se croisent et des groupes s'accostent.

GANDINS *arrêtés devant la porte du restaurant Bré-*
ant :

> Je suis Barbe-Bleue, ô gué,
> Jamais veuf ne fut plus gai !

(*Des femmes passent, rôdaillant sur le trottoir qu'elles*
balayent de leurs jupes de moire non payées.)

L'UNE D'ELLES. — Tiens, Gaston, ça va bien, mon
petit. Soupe-t-on ce soir ?

— Tu t'en ferais claquer...

— Oh là, là ! à propos de claquer, tu sais... c'est
demain matin.

— Quoi donc ?

— Eh donc ! qu'on le raccourcit.

— Colandard ?

— Mais, oui.

— Eh ! les amis, ça va-t-il ? on soupe chez Brébant,
on s'amuse, on pelote, on..... et cætera, et puis après....
v'lan ! à la Roquette.

— Bravo ! pour une idée, voilà une vraie idée !

— Et des voitures ?

— On en trouvera, parbleu ! quand on guillotine le
matin, les cochers le savent les premiers, et ils sont sûrs
de charger.

(THOMAS VIRELOQUE, *qui passe, entend ces derniers mots
de la conversation. Il va s'appuyer à la porte de Brébant.*)

Gandins et filles ! misère et corde ! ça n'a pas de
cœur, et ça aime que les autres n'aient plus de tête !

Barrière Montparnasse. A la porte de la Californie. Un groupe de vagabonds en haillons.

— Hé là bas ! t'y viens ?

— Où ?

— Au refroidissement, parbleu !

— T'y vas donc, toi ?

— J' t'épluche, que j'y vas.

— Ah ben ! moi, ça me fait des froids, ça m' rappelle
Martin.... Pauvre vieux ! Il me disait : « Un de ces
jours, j' surinerai ; dame alors, gare la veuve ! tu vien-
dras me voir. » J'y suis été. Il est crânement mort. Qué

galbe! Y n' rechignait pas; c'était un bon, celui-là. Ça ne fait rien, quand le couteau a fait *floche*, ça m'a tapé dans le cœur.

— T'es qu'un gosse! viens donc! j' paie une tournée à la Roquette.

— Eh! je veux bien. C'était aussi un bon, c' Colandard.

— En v'là un qui moisissait pas dans le mastic! Qué nerf! Quand il a estourbi la vieille, a gueulait, mais ça y a été ben égal. J' t'en fiche, y tapait dessus, en y disant : « Tu finiras peut-être d' gueuler comme ça! » Et d' fait, elle a fini, l'entêtée.

— Oui, mais p' être ben qu'y flanchera devant le poteau.

— Lui! j't'en f.....! un gas, va, je n' te dis que ça! Y disait à la Roussotte : « Vois-tu, un homme, quand ça fait l' méchant, on te vous le prend par le cou, comme ça, et puis on tourne.... Il fait des façons, mais y tombe. Alors tu lui donnes des talons de bottes sur la tempe.... et va-t'en voir s'y viennent! S'il a du pognon, on s'en fourre dans les poches, et on joue du compas.... Si on est pris, eh ben, après! on va là-bas. Les amis sont là! On leur z'y dit adieu, on embrasse l' bon Dieu, et puis..... bonsoir la compagnie!...» Lui, flancher! j'mettrais ma tête à la place d' la sienne qu'y sautera le pas comme un vrai zig!

DANS LE GROUPE DES FEMMES. — Es-tu prête, Tasie?

— Eh! une minute, donc! faut que j'aille coucher l' môme.

— Assieds-toi d'sus!

— Vas-tu pas te taire, l' pauvre innocent; cinq minutes, quoi ! et j' suis à vous. Nous arriverons toujours, allez : on n' commencera pas sans nous.

— Est-ce qu' tu l'connais, toi, Colandard?

— Tiens, un peu! Un beau mâle qui vous a des cuisses et un biceps; cré dié, en v'là un qui ne r'chignait ni d'vant une femme ni d'vant un verre de casse-poitrine. Qué bougre! ça vous rossait une femme , mais ça l'aimait bien.

— J'veux le voir. Toi, tu fais toujours.ton épate avec les hommes que t'as connus. J' parie que l'Enrhumé lui aurait f.....lanqué une rude tatouille, à ton Colandard.

— De quoi, des tatouilles! Ton Enrhumé n'est qu'une m...auviette; il en mangerait dix comme ça. Et du cœur! Sais-tu ça, toi, il a refroidi la vieille; eh ben! c'était parce que sa largue avait besoin d'un rond d' vingt francs. Est-ce qu'y f'rait ça pour une femme, ton Enrhumé ?

— Un peu, que j' te dis.

GROUPE D'ENFANTS. — Hé, Zidor !

— De quoi?

— Tu viens là-bas?

— Non, j'y vas rien! j' veux rien voir sa gueule à c' Colandemuche! Ça fait son crâne, tant qu' ça ne voit pas le couperet; puis, arrivé là, ça tourne de l'œil. C'est pas moi qui canerais !

— Moi, j'ose pas ; c'est la première fois, c'est trop .d'émôss...!

— D' l'émôss, n'en] faut pas! Qué qu' t'es donc, toi, un propre à rien! Tais-toi donc! Quand t'auras vu,

qu' c'est une crème, un vrai miel ; qu'y a des gendar-
mes, et puis des valets de bourreau, et puis du sang....
qu' ça pleut, quoi! moins tu sauras ce que c'est, et si
ça t'arrive...

— Tais-toi donc, m'arriver!

— Avec ça!... non. Mais voyez donc, monsieur, qui
n'en est qu'à la *grinche*, et qu'ça n'ira pas au surin!
T'as donc pas de cœur! Moi, à la dernière affaire d' la
rue Tiquetonne, que j'y ai enfoncé mon couteau dans le
gras des jambes, c' qui l'a fait tomber, on n'y a vu que
du feu. J'aime ça, moi, la *veuve!* Ça vous apprend à
vivre.

THOMAS VIRELOQUE. — Misère et corde! Morale, morale, la peine de mort! Effet sur les masses! Exemple!
L'homme ça va voir l'échafaud comme un débarcadère...
pas de billet de retour, v'là tout !

La place de la Roquette. L'échafaud, deux grandes poutres peintes en
rouge, un couperet, une planche, des courroies.

LE CHARPENTIER, *donnant son dernier coup de marteau.*
— Là, ça y est, et solide! y s'ra là comme chez lui.

La foule compacte entoure l'échafaud. Déjà quatre heures sont sonnées.
Il arrive à chaque minute de nouveaux groupes. Des voitures élégantes, des
victorias, des coupés s'arrêtent dans la rue de la Roquette, des hommes
en descendent, les femmes montent sur les banquettes des voitures
découvertes pour mieux voir L'OBJET.

— Ah! que c'est drôle! ces bras en l'air! On dirait
Gustave quand il vous fait une déclaration.

— Est-ce qu'il y en a encore pour longtemps?

— Ah! ne dis donc pas ça. Ça me fait mal rien que d'y songer, ce malheureux!...

— Fallait pas qu'y aille!

(Au pied de l'échafaud, *Thomas Vireloque,* au premier rang, appuyé sur son bâton.)

— Il ne dort pas peut-être..... Il attend... quoi? qu'on veuille bien le tuer. Il prête l'oreille, et il entend l'heure tomber comme une goutte d'eau dans un vase qui va déborder. Misère et corde! Quatre heures, plus que soixante minutes! Il prend son bras et il compte les pulsations... ce sont les dernières! Dans une heure, tout cela va s'arrêter, se raidir.... le grand ressort sera cassé!...

Dans les groupes qui l'entourent, une femme à mi-voix

— Laissez-moi donc, mossieu Paul, je vous défends de me prendre la taille comme cela, si Alfred vous voyait..,

— Ça m'est bien égal! je lui dirais bien son fait.

— Oui, mais moi je n'aime pas les affaires!

— Voyons, à quelle heure peut-on vous voir?

— Voulez-vous vous taire! D'abord, je ne veux pas causer de ça. Ici, c'est pas ça qui m'intéresse...Voyons, une bonne fois, voulez-vous me laisser?

— Vous êtes charmante!

Plus loin :

— As-tu encore de la saucisse?
— Oui, un peu.

— Donne voir?

— Surtout que j'en ai assez, ça m'a altéré.

— Allons boire!

— Oui, pour qu'on nous prenne notre place... c'est que nous sommes rudement bien ici.

— T'as raison, mais ça ne fait rien, j'ai rudement soif !

Dans la foule

— Ça y est! voyons le porte-monnaie. Oh là là! Quarante-trois sous! je suis volé! Mais il y a là-bas un bon groupe. Allons voir s'il y a moyen de travailler.

— Dis donc, si c'était toi, tout de même?

— Moi, qu'ils y viennent voir! Pourquoi qu'il s'es laissé prendre. C'est pas si difficile, après tout, d'enjôler la curieuse. Qu'y me cherchent! Le vieux a froid, à c't'heure; c'est pas lui qui me dénoncera.

— A moins qu'il n'ait ta *photographie* dans l'œil ....

— Ben oui! J'y les ai crevés... (*Ils rient.*)

Dans une victoria : .

— Dis donc, est-ce que tu ne vas pas le lâcher, ton Jules !

— Ça me fait un effet, un si bon garçon.

— Oui, mais pas le sou ! Il a perdu des sommes à la Bourse..... Prends donc Anatole, il te renouvellera ton mobilier... et puis depuis quelque temps tes robes son d'un passé, ma chère.

— On verra.

THOMAS VIRELOQUE, *au pied de la guillotine.* — Moins
le quart! On lui coupe les cheveux! Les ciseaux sur le
cou, avant-goût du couperet. Misère et corde! et pour
l'exemple! Dire que cet homme attend... quel mot!

Attendre! Rêver à cette pensée. L'homme se sent vivre,
penser, raisonner. Le sang coule bouillamment dans ses
veines fiévreuses. Il compte les minutes, les secondes.
Il regarde la lumière, comme s'il voulait absorber en
quelques heures les effluves de toute une vie. Il touche
de temps à autre ses bras, ses jambes, sa tête, et quand
ses doigts effleurent son cou, il tressaille et frissonne.
Puis il s'abîme dans cette idée : Être ou ne pas être.
Être, c'est-à-dire pouvoir parler de demain, espérer, qui
sait, se repentir peut-être, réfléchir à l'expiation, se
sentir envahir par le regret, par le remords, et se dire :
Oh! si je vivais encore! Sentir à chaque bruit qui ré-
sonne une convulsion agiter tout son être, son cœur
bondir, sa nature tressauter comme pour une révolte.
Puis le bruit s'éteint. Ce n'était rien. *On* ne vient pas
encore!

On! qu'est-ce qui s'appelle *on*. *On*, ce peut être la
mort, mais ce peut être la vie aussi. Ce condamné, il
voudrait que chaque minute durât un siècle, il jouit de
la vie, il savoure le temps, il déguste les secondes qui
s'écoulent comme fait un gourmet d'un mets délicieux.
Mais, à d'autres instants, il voudrait hâter la marche de ce
temps qui lui paraît trop lent. L'incertitude est horrible.
Il préférerait être *fini*, savoir.

Puis il se dit : Après tout, la mort, qu'est cela? On
ne souffre pas sur l'échafaud. C'est l'affaire d'une minute. Après, l'oubli, l'immobilité. Mais peut-être a-t-il

assisté à une exécution ; il a devant les yeux l'échafaud noir, le bourreau calme, le prêtre, les aides, la planche, les courroies. Et toutes ses fibres se rattachent instinctivement à la vie, comme des liens de fer.

Cette fois... c'est vrai. Il a entendu marcher. On s'est arrêté à la porte de son cachot. Cette porte s'ouvre, des hommes paraissent. Le bourreau est-il parmi eux ? Non ! mais il ne viendrait pas encore... en aucun cas. Il faut d'abord que le rejet du recours en grâce soit notifié. Est-ce oui ?.. Est-ce non ?.. Être ou ne pas être ?.. Qu'ils sont longs à entrer ! L'homme suit leurs mouvements avec une anxiété fébrile. Il étudie leurs visages. Ils vont parler... Terreur ! ils ont parlé.

On entend des cris, la foule s'impatiente ; il lui faut son guillotiné. On chante sur l'air des Lampions. *Co-lan-dard ! Co-lan-dard !*

— Allons, allons, un peu de patience, que diable ! il ne s'envolera pas.

L'heure sonne. Grand silence. La porte s'ouvre ; le condamné paraît. L'aumônier l'accompagne en lui montrant le crucifix. Colandard est pâle, mais son pas est ferme ; il tient la tête haute. Il monte seul les degrés de l'échafaud et jette un regard circulaire sur la foule.

On entend bruire un murmure :

— Bel homme, tout de même !

— Et quel nerf, hein ! comme il vous a grimpé ça !

3

— C'est toi qui piquerais ta carpe si tu étais là!

— Tu verrais bien!

. . . .

Le drame s'accomplit.
La foule s'éloigne.

THOMAS VIRELOQUE, *seul.* — Misère et corde! Qui ça empêchera-t-il de venir ici?. .

APRÈS.

Le couteau venait de tomber. Han!... la justice des hommes était satisfaite. Les aides et le bourreau se disposaient à terminer leur œuvre.

Thomas monta les marches de l'échafaud, passa entre les valets étonnés qui regardaient cette silhouette étrange se détachant dans les brouillards du matin, fit le tour de la machine, se baissa, passa ses doigts dans la chevelure du décapité, leva la tête à la hauteur de son visage, et lui dit, en le regardant de son œil fixe et clair :

— Souffres-tu?

La tête ouvrit les yeux, puis se referma tout à coup comme si la lumière du jour eût été trop forte pour ses organes affaiblis, la bouche se contracta, les lèvres s'entr'ouvrirent.

— Non, fit un souffle qui n'était plus une voix.

— Te souviens-tu?

— Oui...

— Te repens-tu?

— Non.

Thomas plaça ses deux mains, ouvertes, sous la blessure énorme et tenant ainsi la tête devant lui, il continua :

— Étais-tu coupable ?

— J'ai tué.

— Alors pourquoi ne pas te repentir?

— Pourquoi ?... est-ce que je sais, moi. J'ai tué, on m'a tué... après tout, il n'a pas souffert, le coup était bien porté, et je sais maintenant ce que c'est... l'engourdissement est venu, d'abord tourbillonnant à cause de la violence du choc... puis affadissant, doux, le bourdonnement des tempes s'est arrêté... il a senti que la vie s'en allait, sourdement... ce que je sens, voilà tout !

Thomas eut un frisson.

La tête sourit.

— Tu trembles, toi, vivant, parce que tu tiens entre tes mains ma tête morte... tu trembles, moi je suis calme... tenez ! vous êtes lâches et plats, hommes. Tout à l'heure... je suis monté, moi, corps vivant qu'on allait tuer, sur cette plate-forme dont les degrés étaient une échelle de mort... on a vociféré... moi, je me taisais... on a pâli... moi, je n'avais plus peur, j'attendais... écoute, c'est un étrange moment... je me disais (et c'est parce que je pensais à cela que je semblais si calme) : je suis là vivant, sentant, pensant... mon pouls tressaute... mes mains et mes pieds s'agitent... dans un moment, dans une minute, une seconde, tout cela va s'arrêter... étrange... comment cela se peut-il faire ? Alors, en cette seconde si longue, puisqu'elle renferme tout l'avenir d'un homme, je revis toute ma vie... du repentir ! allons donc ! je ne me repentais pas, car j'étais de sang-froid... je me disais seulement : Si j'avais songé à ce dénouement, tel jour, à telle heure, je me serais évadé, je le pouvais... je m'en souviens, ils étaient deux qui me tenaient... l'un à droite, fort, vigoureux, l'autre à gauche, chétif et me serrant à peine... une poussée, et c'eût été fait...

La tête eut une défaillance ; le sang filtrait au travers des doigts de Vireloque qui écoutait. Elle continua :

— Et puis, c'est l'enfant qui a parlé.... là j'ai été faible... lorsque j'ai tué l'autre et que l'enfant a crié en s'échappant de la cachette... je l'ai saisi par les cheveux... tiens, comme tu m'as saisi toi-même... mon bras se leva... et j'eus peur de cette faiblesse, de cette enfance... mes doigts s'ouvrirent... et l'enfant s'enfuit. Moi, je m'enfuis aussi. Tu me demandes si je me repens... oui, de n'avoir pas tué l'enfant... Et pourquoi après tout ? Est-ce que je souffre maintenant... quoi ? j'étais malheureux, je haïssais la société, les hommes, tout, moi-même... je combattais, j'ai été vaincu... j'avais devant moi le néant de la misère... je suis dans le néant de la mort... le néant, entends-tu bien... A mesure que je te parle, je sens la vie qui s'en va, la dernière étincelle qui s'éteint... dans quelques minutes, rien... rien... rien... Est-ce que ce rien est effrayant... un instant, j'ai eu peur de l'avenir après la mort... le prêtre me parlait de tant de choses... maintenant, je sais... c'est la désorganisation, la fin, l'anéantissement... et j'avais demandé ma grâce... Fou !... la grâce, c'était le bagne, long, long... les jours, les mois, les années qui s'ajoutent et se continuent, anneaux d'une chaîne sans fin, que rien n'use, ne brise ni ne lime... Ah! le bagne m'aurait puni... c'eût été l'amère réflexion, l'odieuse confrontation de ce *que l'on est* avec le *ce que l'on était*... le souvenir, ce retour du passé... ce désespoir de l'avenir... l'avenir du bagne, effroyable, atroce, sans bornes, désert qui n'a que le hasard pour oasis... Terreur! si l'on m'avait accordé ma grâce!... maintenant que m'importe! on m'a tué... je me sens quitte avec cette société qui s'arroge le droit que j'avais pris et pour lequel on m'a tué... je ne lui dois rien... si, peut-être! de la gratitude... car elle m'a donné la mort, le repos, l'oubli, le néant... merci! merci! ne plus être, ne plus vivre, ne plus souffrir... car vivre, pour les déshérités, c'est souffrir... crier au berceau, crier au lit de mort... toujours crier!... le néant, c'est la joie, parce que ce n'est rien... sache-le! n'être rien, c'est beau, c'est tout... puni, moi! allons donc !... tiens, je nargue encore cette société d'assassins qui se trompe en me tuant... mais... laisse-moi mourir!... laisse-moi entrer au néant qui m'attire et m'embrasse... Adieu !... adieu !... rien !...

Thomas se baissa, replaça la tête dans le panier, passa encore une fois au milieu des aides étonnés, descendit lentement les degrés de l'échafaud et se perdit dans la foule en murmurant :

— Misère et corde! après ?...

VIII

LES FILLES-MÈRES

VIII

LES FILLES-MÈRES

Une chambre de jeune fille. Un lit à rideaux blancs. Une armoire à glace. Quelques fauteuils. Un rayon et des livres; entre autres quelques collections de la *Semaine religieuse*, l'*Imitation de Jésus-Christ* et l'*Esprit de sainte Thérèse*, de l'abbé Émery.

Il est minuit sonné. Tout bruit a cessé dans la maison. La jeune fille, la tête entre ses mains, est assise sur un fauteuil. Tout à coup elle semble prendre une résolution décisive, elle se lève, s'approche d'une petite table sur laquelle se trouve un buvard, l'ouvre d'un mouvement fébrile, prend une plume, du papier et, s'inclinant, se met à écrire.

LA JEUNE FILLE, *à elle-même.* — Ainsi, tout est fini... il me méprise, il se joue de mon affection... et, après tout, que puis-je exiger de lui? Il est riche, il est jeune,

3.

un brillant avenir s'ouvre devant lui : le mariage ! Quel
mot !... moi aussi j'avais rêvé, jeune et insouciante, de
m'unir à l'homme que j'avais choisi... Je m'en souviens,
il me parlait, et j'écoutais sa voix comme une mélodie...
il me prenait la main, et il me semblait que tout mon
être se fondît dans cette étreinte. Et quand... quand
ce petit être tressaillait dans mon sein, oh ! quelle
oie ineffable ! c'était notre amour qui se faisait corps,
qui prenait une réalité vivante... Que m'importait la
faute ! Que m'importait la honte ! Après tout, ne m'a-
vait-il pas juré que je serais sa femme ?... Dans ces mots :
Je t'aime ! saintement proférés, j'apercevais un avenir
de bonheur...

Aujourd'hui, l'enfant est né, je suis seule... Où chercher une consolation ? Les livres qui parlent d'un amour
mystique m'exaltent et enflamment mon imagination...

La raison ! je ne l'entends plus, je ne la comprends
plus. Je ne sais plus que ceci : Je suis seule, délaissée.
maudite. Mon enfant est là-bas qui crie et m'appelle.
Lui, lui, le père..., est ici, qui sourit à une autre
femme, et lui murmure encore : Je t'aime !... La mort.
oui ! le suicide ! et après ?... après ! que m'importe ? Je
ne vois plus les devoirs qui m'enchaînent ici... et toujours ces deux syllabes résonnent à mon oreille comme
un glas d'appel : mourir ! mourir !

Et la jeune fille écrit : elle annonce à la nourrice que
l'enfant n'a plus de mère, et elle lui recommande d'a-
voir bien soin de la pauvre créature. Elle compte sur le
bon cœur de cette mercenaire... Sait-elle donc ce qu'elle
fait et ce qu'elle dit !

Puis, elle s'agenouille et dispose du charbon dans un

fourneau. Elle ferme la cheminée, monte sur une chaise afin de boucher la fenêtre et la porte, au moyen du rideau qu'elle fait pénétrer dans les interstices.

Elle allume le charbon, qui prend difficilement. La flamme bleue danse en langues pâles. Puis la jeune fille s'étend sur son lit; elle baisse soigneusement son jupon jusqu'à la cheville; elle se couvre d'un châle, qu'elle retient sous ses jambes dans la crainte que les contractions de la mort ne les découvrent. Puis, elle place ses bras croisés sur sa poitrine, renverse sa tête en arrière, et, tandis que de grosses larmes roulent dans ses yeux, elle chantonne la romance qu'il lui disait en l'enivrant d'un sourire.

*
* *

THOMAS VIRELOQUE, en dehors, frappant de son bâton :

Misère et corde! Ça sent le charbon! On râle là dedans! Holà! Encore un heureux qui donne congé à la vie! Holà!... pas de réponse! Si! on remue! On essaye de marcher! Ça retombe, ça se traîne! Voisin! voisine!... Ouvrez! J'entends ses ongles contre la porte... il n'est que temps!

Thomas Vireloque s'arc-boutant contre la porte, donne un vigoureux coup d'épaules : la serrure se disloque. Thomas est entré. Il s'élance vers la jeune fille qui est étendue sur le carreau, et, la soutenant dans ses bras, la place sur son lit.

THOMAS VIRELOQUE. — Misère et corde! des bêtises,

du suicide! Pauvre enfant, c'est jeune, c'est frais, c'est joli et ça se tue…!

Il regarde sur la table et voit la lettre que la jeune fille a écrite à la nourrice.

— Compris! on l'a abandonnée, elle abandonne à son tour… Faut-il blâmer? Faut-il plaindre? Pourquoi sur toute fleur passe-t-il un pied qui l'écrase.

LA JEUNE FILLE, *revenant à elle :*

— Ma petite fille!.. Où suis-je? De l'air!

Thomas s'approche d'elle. Elle fait un mouvement d'effroi.

— N'ayez pas peur! C'est laid, mais c'est bon. Je vous ai entendue gémir, je suis entré, et je vous ai sauvée..

— Sauvée! oh! si vous saviez!…

— Contez-moi donc cela, dit Thomas en s'asseyant.

SCÈNE DEUXIÈME.

Cinq heures du matin. Un hôtel de la Chaussée-d'Antin, portes grandes ouvertes. Les laquais appellent les voitures qui s'avancent une à une devant le perron.

Entendant un nom jeté au cocher par un valet, une forme humaine se lève d'un coin où elle se tenait blottie. L'homme est grand et déguenillé : c'est Thomas Vireloque.

Au moment où un jeune homme se dispose à monter légèrement en voiture, Thomas lui met la main sur l'épaule.

— Que me veut ce mendiant?

— Vous parler.

— Et de quoi? Je n'ai rien de commun avec vous.

— Misère et corde! je m'en flatte.

— Insolent! allons! qu'on me débarrasse de cet homme.

Thomas jette un regard de défi aux valets, qui semblent tenus en respect.

— Misère et corde! il y a de par la ville une jeune fille que vous avez lâchement séduite... qui est mère... qui pleurait hier et qui s'est tuée aujourd'hui... c'est de cela que je veux causer avec vous, beau danseur...

— Chut! pas un mot devant ces gens! Venez avec moi.

Et les deux hommes se mirent à marcher côte à côte,

— Vous dites qu'elle est morte?... Je prendrai soin de l'enfant.

— Pourquoi, elle morte, venez-vous faire ce que vous avez refusé, quand elle vivait?...

— Parce que... parce que je ne voulais pas donner à sa mère, par condescendance, des droits sur moi et sur mon avenir!...

— Misère et corde! la belle prudence!... Eh bien! je l'ai sauvée... donc économie d'argent et de tendresse.

— Sauvée! ah! que vous me faites de bien...!

— Ce n'est pas mon intention!... Première infamie: séduire une jeune fille... à seize ans, ça fait ses dents d'amour... c'est faible et malade... vous arrivez lâchement. La belle victoire!... Deuxième infamie: l'enfant

est-il de vous?... oui ; donc vous êtes à lui, vous avez
donné la vie à un être qui ne vous la demandait pas...
vous lui appartenez, vous êtes sa chose... Misère et
corde ! le jour où mon père m'a jeté sur la grande
route, il a commis le plus lâche des crimes. Vous en
faites autant. Vous dites, avec je ne sais quelle ardeur
d'égoïsme, que l'enfant vous doit quelque chose, et si
vous étiez vieux et misérable vous vous croiriez fondé
à lui demander aide et protection...

Allons donc ! misère et corde ! Le père n'a aucun droit;
l'enfant les a tous... Amour filial, reconnaissance
voilà tout, et s'il y a lieu. Amour paternel : devoir,
nécessité, obligation, remboursement. Vous avez mal
fait en le mettant au monde... faites-vous pardonner.
Vous avez volé l'avenir d'une jeune fille... de par le
droit humain... vous êtes rivé à elle. Vous secouez tout
cela... vous êtes un escroc qui niez votre signature.

— Mais après tout, elle m'a cédé, elle cédera à d'autres. Elle est jolie et fera son chemin.

— C'est cela !... Educateur de prostituées, vous four-
nirez les mauvais lieux... puis, bon bourgeois, vivant
en famille, vous parlerez morale et probité. Lâche,
trois fois lâche !

— Je donnerai de l'argent ! Raisonnons : J'ai une po-
sition dans le monde, je ne puis faillir à certaines
obligations sociales.

— Obligations sociales et probité, c'est deux, je le
sais bien. C'est ce que nous appelons honneur et honnêteté. Pourquoi ne dites-vous pas que c'est la jeune
fille qui a tous les torts. Vous la blâmez *in petto*, ou
plutôt vous vous rengorgez dans votre vanité satisfaite

n murmurant : « J'ai fait bien d'autres victimes ! »
ntre l'assassin d'honneur et le meurtrier de grandes
outes, pas de différence ! Vous avez droit au pilori tout
omme l'autre. Je vous ennuie. Que voulez-vous ? on
n'appelle Conscience. Dans toute faute de jeune fille, il
a un crime. C'est l'homme qui le commet. Vous abusez
'une disposition physiologique qui, à seize ans, vous
ivre une enfant sans défense... Misère et corde ! Vou-
ez-vous donner un nom à votre enfant ?

— Allons donc ! vous ne parlez pas sérieusement !
loi, me mésallier à ce point !

— Et si, dans dix ans, vous rencontrez en calèche
cette même femme, méprisée, enviée, vous passerez en
lisant : C'est une fille !.. Qui l'aura traînée là ? Misère
t corde ! Vous direz à votre fille, car vous serez père
t bourgeois... que ces femmes sont des misérables.
Joralistes de carton !

— Assez ! après tout, je suis bien bon de vous écouter !

— Et quand l'enfant que vous abandonnez aura vingt
ans, il vous entendra, dans quelque cénacle honnête,
dire : C'est un bâtard !... Si c'est une fille, elle sera
prédestinée à la honte... Vous empoisonnez une génération comme ces insectes dont le contact noircit un ar-
buste et corrompt ses fruits. Et quand, banquier ou notaire, vous vous érigerez en homme intègre, THOMAS
VIRELOQUE passera près de vous en vous disant : Misère
et corde ! le bel honnête homme ! qui respecte un écu et
vole une existence !

Et Thomas, s'enveloppant dans ses haillons, tourna
sur lui-même et disparut.

IX

LE BAL DE L'OPÉRA

LE BAL DE L'OPÉRA

LETTRE DE THOMAS VIRELOQUE.

Ami, c'est avec le plus profond regret, je l'avoue fran-
chement, que je te parle de cette fête prétendue qui, pour
les âmes naïves, sonne d'un bruit de gais grelots et de
joyeuses fanfares. J'avais espéré, je ne m'en défends pas,
que le bal de l'Opéra disparaîtrait forcément, fatale-
ment.

Hélas! il n'en est rien. Et cette illusion doit être relé-
guée avec les autres, dans le coin réservé aux bottes
hors de service. Il subsiste; petit bal vit encore! Et, ce
qu'il y a de plus pénible à avouer, c'est que décidément,
et en dépit de tout, le bal de l'Opéra est une excellente
spéculation, puisque Strauss s'acharne, chaque hiver, à
battre de son archet l'air vicié de la salle de l'Opéra.

*
* *

Voyons ! soyons avant tout de bonne foi : Me suis-je

trompé ? Est-il donc réel que le bal de l'Opéra soit dans les mœurs de ces gens-là, qu'il fasse partie intégrante de la vie parisienne, qu'il constitue un besoin ?

C'est à douter de tout, si l'on croyait encore à quelque chose.

Procédons par ordre. Il y a deux spectacles distincts, celui du dedans et celui du dehors. N'entrons pas encore et promenons-nous sur le boulevard. Quant je dis : promenons-nous, — c'est un pur euphémisme.

La foule s'est faite marée, elle a son flux et son reflux, il fait de la boue, il tombe de temps à autre de courtes giboulées d'une pluie fine et froide. Peu importe ; depuis Tortoni jusqu'à Brébant, le trottoir est encombré. Ah ! je te vois d'ici ! tu songes déjà à une animation qui rappelle celle du Corso de Naples ou des routes qui mènent à Epsom, le jour du Derby, lieux que tu connais bien, toi qui as mendié par toute la terre.

Erreur profonde ! Cette foule est vêtue de noir, elle s'emmitoufle dans des paletots, et cette agglomération va lentement, montant et descendant. Il n'y a pas un sourire, pas un éclat de gaieté. Il y a seulement je ne sais quelle curiosité sans nom qui est inhérente au caractère parisien, en vertu de laquelle ce bon citadin attend toujours que les originalités lui tombent cuites à point. Il ne tombe rien du tout. Alors cette foule se regarde elle-même et s'amuse d'être nombreuse. Elle est à elle-même sa propre distraction et son propre étonnement.

*
* *

Ah ! voici un groupe. On se presse, on se bouscule

pour voir. Quoi ? Cela est au café, impudent, cynique.
Cela ressemble à une femme. C'est habillé d'oripeaux
rouges, verts et bleus, qui ont la prétention d'être un
costume.

Il y a comme cela une douzaine d'*allumeuses* aux tables intérieures des cafés, et la foule qui est sortie pour
s'amuser et surtout pour voir quelque chose, rit, crie,
se pâme et se frotte les mains en se disant : Je n'ai pas
perdu ma soirée !

Puis un remous, un tressaillement, une poussée.
Qu'est ceci ?

Trois garçons bouchers; le premier en diable, le se-
cond en pêcheur napolitain, le troisième au chef sur-
monté d'un casque monumental, jouent des coudes et
fendent les groupes en courant !

Evohé ! Evohé ! que tout cela est donc gai !

Les badauds s'attroupent, les gamins poussent quelques cris, les filous vident quelques poches. On entend
résonner, aux abords du passage de l'Opéra, des voix
mâles qui répètent sans se lasser :

— Circulez, Messieurs, circulez !

Et la petite fête est complète, du moins si on n'oublie
pas les *municipaux* qui achèvent le tableau.

*
* *

Entrons maintenant. Au vestibule : D'abord, ce qui
me plaît infiniment, c'est l'ordre avec lequel, en France,

on règle les plaisirs les plus tumultueux. Toute latitude est laissée à la fantaisie; seulement... dame! il y a quelques *seulement...*

IL EST DÉFENDU d'entrer par la porte de droite.

IL EST DÉFENDU de sortir par la porte de gauche.

IL EST DÉFENDU de se promener sur le trottoir.

IL EST DÉFENDU de stationner dans le passage.

IL EST DÉFENDU de s'arrêter sur les marches de l'escalier.

Après m'être rendu plus ou moins lentement compte de ce qui pourrait peut-être bien ne pas être défendu, je pénétrai jusqu'à la salle de bal...

Non, pas encore. Ménageons nos joies. Le foyer d'abord !

* *
*

O naïfs! qui croyez encore au bal de l'Opéra; écoutez ceci, oyez tous :

— Le foyer est un endroit où on se dit tout bas et avec un air malin ce qu'on répète continuellement à voix haute et cyniquement sur le trottoir du boulevard des Italiens. Au foyer, on a des gants blancs et on ne distingue pas les traits des femmes, là est toute la différence.

Les femmes du monde dont *fourmille* le bal se distinguent par des voix à l'absinthe et au bitter-curaçao de la plus grande douceur.

Les marquises du lieu marivaudent toute la nuit sur cette corde toujours neuve :

— Qu'est-ce que tu payes ?

Le public masculin se compose d'une collection d'im-
berbes au milieu desquels se détachent quelques hommes sérieux. Je n'aurais jamais cru qu'il restât à Paris
autant de jeunes gens dépourvus de toute intelligence.
Ce que j'ai compté de sourires bêtes surmontant un gi-
let en cœur est incalculable.

Les plaisanteries sont grossières, graveleuses, cyni-
ques, mais elles se gardent bien d'affecter la moindre
originalité spirituelle. C'est un ramassis de lieux com-
muns, *chiffonnés* au coin de toutes les bornes des lieux
de débauche...

*   *
   *

Veux-tu que je caractérise la physionomie du public
habit noir de l'Opéra !

Prends un notaire bien gourmé, bien poseur, bien
bavard et soûle-le ! Tu as un être hébété, mais sur-
excité, qui prend ses cris pour des éclats de rire, ses
grognements pour des bons mots, ses turpitudes pour
des lazzis...

Ce public me fait l'effet d'un notaire ivre !

*   *
   *

Enfin, après n'être pas passé par cette porte-ci, parce
que *c'est défendu*, et avoir évité cette autre parce que
ce n'est pas permis, me voilà en pleine salle de bal.
Voilà donc ce tohu-bohu pour lequel toutes les épithètes
du dictionnaire infernal ont été épuisées !

Que n'es-tu là, toi qui es poète ; oh ! m'écrierais-je, re-dis-moi ces poses délurées de femmes *gigotantes*, qui exhibent à la population masculine des appas d'occasion ; fais-moi le dénombrement de ces garçons coiffeurs, de ces *geindres*, de ces garçons bouchers ou charcutiers, de ces *tueurs* qui, sortis tout à l'heure de l'abattoir, ont eu à peine le temps de se laver les bras et de revêtir le costume d'ordonnance!... Redis-moi, ami, les poses de Strauss, qui manque de moelleux dans le coup d'ar-chet... Marque sur ta cythare le rhythme ennuyeux, monotone, saccadé de cette musique sans idée, sans couleur ni valeur... Dis-moi surtout, oh ! dis-moi à quel *décroche-moi ça !* ont été achetées ces loques fanées qu'on appelle costumes...

*
* *

Là, de bonne foi, entre nous, désœuvrés et braillards, savez-vous bien ce que vous allez voir au bal de l'Opéra? Et vous surtout, Mesdames, qui prenez des airs câlins pour répéter : « Je n'ai jamais vu cela... je voudrais y aller une fois ! » Je vais vous le dire :

L'administration raccole, dans les bas-fonds du monde interlope, une collection d'hommes vigoureux, bien portants, Desgrieux de Manons de bas étage, elle les enrégimente, elle les style, elle les habille et elle leur dit :

— Amusez tous ces badauds !

Ces badauds. C'est l'étranger, le provincial se figurant encore que le bal de l'Opéra existe par lui-même, que des jeunes gens de famille se déguisent et dansent...

Ces jeunes gens de famille s'appellent Alexandre, le fort de la halle, ou Jean le frotteur... c'est un commerce. Ils tiennent l'entrechat et le pas ravageur à *tant* l'heure, le coup de pied vigoureux à *tant* la douzaine. Seulement, ils sont consciencieux et font bonne mesure.

Les danseurs du bal de l'Opéra sont payés; ce sont des salariés, rien de plus. On donne la comédie aux loges qui jettent un louis pour un grand écart.

Allez donc demander à cette populace de maisons suspectes de l'esprit vif, de l'entrain, de l'intelligence! Ces beaux jours sont passés. Les gens qui dansent, c'est quelque chose comme le bœuf gras qui passe...

Et bœuf gras et bal de l'Opéra s'en vont tout doucement et de concert aux gémonies des vieilles lunes.

*
* *

Le bal de l'Opéra n'est plus dans les mœurs. Si l'on y va encore, c'est par un reste d'habitude, et puis encore par cette raison que le dévergondage, réel ou simulé, a toujours du charme pour certaines natures oisives.

Voyez! il n'y a plus un seul costume original. Pourquoi? parce que le public, le vrai public ne se déguise plus, parce qu'en admettant qu'en un jour de folie l'idée nous prenne d'inventer quelque fantaisie bien baroque, il nous déplait de faire forcément vis-à-vis à un assommeur de bœufs ou à un crieur de poisson. Ces folies, qui ont été fort à la mode il y a vingt ans, nous répu-

3..

gnent aujourd'hui. Cette épilepsie de convention nous attriste et nous dégoûte.

Il me semble toujours voir des gens qui, moyennant un salaire débattu, joueraient le rôle de fous dans un Charenton de convention, à l'usage des étrangers et des naïfs.

*
* *

Te donner des détails sur la nuit d'hier serait chose difficile. Du bruit à cent sous la portion, des cris à quarante sous le kilogramme, de la débauche à tous prix, du dégoût à pleine poitrine et de l'ennui à plein cerveau, voilà ce que j'ai rencontré au bal de l'Opéra. qui, par bonheur, pâlit, pâlit, file, file et disparaît...

Requiescat in pace !

. . . .

Ce matin, j'ouvre un journal, et voici ce que j'y trouve :

Un homme s'est tué, un danseur d'Opéra, un viveur, un noceur. On le nommait Caoutchouc (Est-ce parce que conscience et honneur s'aplatissaient ou s'étiraient au besoin?), et cet homme, intelligent dans son abrutissement, a voulu, en quelques ressouvenirs d'une vie perdue, stigmatiser de sa propre bassesse le front de ceux qui l'imitent.

Je copie cette lettre, qui devrait être imprimée en caractères énormes et affichée à la porte de tous les lieux de débauche :

« Il est inutile de chercher à constater mon identité.

Je suis le descendant d'une grande famille que mes folies déshonorent ; j'ai vingt-huit ans ; il ne me reste rien de mon patrimoine ; je préfère le suicide à la misère. A ceux-là qui disent qu'il faut être brave pour se tuer, je réponds que l'absinthe donne du courage ; je suis ivre, c'est ainsi que je devais mourir. On m'avait surnommé *Caoutchouc :* qu'on m'enterre sous ce nom. Ma mort puisse-t-elle servir d'exemple à la jeunesse !

« CAOUTCHOUC. »

*
* *

Il y a de tout dans cette lettre : de l'orgueil et de l'humilité, du courage et de la lâcheté ; il y a surtout je ne sais quel tressautement de l'intelligence qui méprise la brute, et qui dit à ce corps inutile : Viens. puisque tu n'as pas su vivre.

Folie que le suicide ! — pas toujours. Quelquefois l'homme lutte, il s'efforce, Sisyphe toujours vaincu par l'invincible rocher. Le hasard, les circonstances, cet enchaînement de choses qui s'appellent la vie, tout cela le détourne de la voie qu'il veut suivre. Cet homme avait un but et le but se perd à l'horizon ; les obstacles s'amoncellent, le phare pâlit, disparaît. Alors l'âme la plus forte se replie sur elle-même, s'enveloppe dans son désespoir comme dans un linceul. C'est ce suicide que j'ai souvent attribué à la tension exagérée des facultés sur un seul point.

Mais voici un homme, jeune encore, vingt-huit ans, qui n'est pas connu sous son véritable nom, ce qui

équivaut à dire qu'il peut rentrer dans la société par
une nouvelle porte ; qui est d'une *grande* famille, qui
comprend la honte de ses folies, et qui se tue... pourquoi ? parce qu'il a peur de la misère.

Petitesse de l'homme ! Celui-là n'a rien fait, rien
tenté, il s'est vautré dans les bas-fonds sociaux, il est
vigoureux, il est susceptible de vouloir, de pouvoir, et
et il a peur de la misère. Il n'a pas eu peur du vide qui
faisait de son cerveau un froid sépulcre, il n'a pas frémi
devant le mépris latent de tous ceux qui le regardaient,
devant l'odieux de ces triomphes où des avinés lui faisaient cortége... il n'a eu peur que d'un seul spectre :
la misère. Il a été sans courage devant le besoin, il a
reculé devant le travail, devant la régénération, devant
l'avenir.

*
* *

Et il a si bien compris qu'il était lâche, que celui-là
seul a droit de mourir qui a vécu ; il a si bien senti
qu'il n'était capable d'aucun effort, quel qu'il fût, qu'il
a osé écrire : Je suis mort ivre d'absinthe. — Il a tué
la pensée avant de tuer le corps. Ce mort avait peur de
la mort. Cela, parce que la mort est un repos, et que,
pour être en droit de se reposer, il faut avoir fatigué
son cerveau, avoir usé ses forces dans la lutte de chaque
jour.

Rien de tout cela : Caoutchouc avait passé ses jours
dans l'inaction, ses nuits dans l'ivresse.

Il avait renoncé à son rôle d'homme; aussi est-il

mort dans un costume de singe. Funèbre allégorie, qui est le dernier mot de cette vie.

Il était ivre ; car s'il eût conservé son sang-froid, s'il eût regardé sa conscience en face, il se fût écrié :

— Je dois vivre, c'est-à-dire penser, marcher, aller en avant. Je suis fort, je suis jeune, donc j'appartiens à tous, j'appartiens à l'œuvre humaine, je dois être, je puis être, humblement même, s'il le faut, un des pionniers de cette grande route qui s'appelle la vie. Personne n'est inutile. Chaque rouage a son rôle dans la grande machine : le dernier morceau de fer, fût-il rouillé, brille quand il se meut.

Il n'a même pas voulu penser, il s'est enivré pour se tuer. Je le répète : ces morts-là sont lâches.

*
* *

Si ces lignes tombaient sous les yeux de quelqu'un de ceux qui ont acclamé Caoutchouc, qui l'ont enivré de louanges frelatées et d'applaudissements malsains, je suis certain que plus d'un baisserait la tête. Car ce cadavre leur crie, comme le Dieu biblique au Caïn meurtrier :

— Misérables ! qu'avez-vous fait de cet homme?

Les amis ! Beau mot, n'est-ce pas, quand il s'applique à ces compagnons de vice qui crient : Encore un verre! Encore une folie ! Tu es bas ! Bravo ! Tu es cynique ! Bravo ! Tu es petit ; pour nous, tu es grand ! Tu es moins que le dernier des portefaix qui gagne sa vie sur la plus humble des pierres d'une jetée ; pour nous, tu es roi !

Ces amis-là ont pris cet homme par la main, et traitreusement, comme des assassins, l'ont mené de sa première orgie au suicide.

Te souviens-tu, toi, du jour où tu as applaudi pour la première fois à quelque déclamation bien honteuse sur l'inutilité du travail et la toute-puissance du plaisir? Reconnais-toi :

Tu es l'assassin de cet homme.

Vous tous qui avez porté Caoutchouc en triomphe au dernier bal de l'Opéra :

Vous êtes les assassins de cet homme.

*
* *

Vous l'avez peu à peu dégradé, anéanti ; vous avez fait de cet être, qui était une force humaine, une masse qui coule avec le flot entre deux arches sombres! Bien travaillé, Messieurs !

Tenez, la province vous envoie chaque année quelques milliers de ses fils ! Choisissez une autre victime à présent. Vous trouverez facilement quelque orgueilleux pour ramasser ce sceptre que la mort vient de laisser tomber ! Quelques acclamations ! Des épaules dont vous ferez un trône ! Cela suffit.

Et ne croyez pas que le bal de l'Opéra, que les cabinets à soupers nocturnes aient seuls le monopole de l'anesthésie morale. Vous êtes plus forts que cela. Pour tous les oisifs, pour tous les fainéants moraux, vous avez inventé des royaumes et délimité des empires.

Le sport a ses *Caoutchoucs*, comme la chasse, comme

a mode, comme le jeu... Partout des diadèmes qui
brûlent le cerveau et qu'on rive au front de quelques
prédestinés.

Tous ces rois ne vont pas, la nuit, au pont des Inva-
lides, enfouir leur inutilité dans la mort. La plupart
s'éteignent, le cœur et la tête vides ; vides parce que
rien n'y a trouvé sa place, ni affections vraies, ni
aspirations généreuses, ni ambitions honnêtes!

Tous ces gens-là, ce sont les applaudisseurs qui les
tuent, soit par un poison lent, soit dans une crise
brutale.

C'est donc aux applaudisseurs qu'il faut crier, sans
relâche et sans trêve :

Vous êtes des assassins!

*
* *

À bientôt : Paris m'étouffe. Paris, c'est le mal !

À toi,

THOMAS.

X

LES CONCERTS POPULAIRES

X

LES CONCERTS POPULAIRES

JEAN. (*rencontrant Thomas Vireloque dans la rue.*)— onjour, vieux père Thomas !

THOMAS. Bonjour, mon enfant ! Tu vas bien ?

JEAN. — Très-bien ; merci. Pourquoi diable m'appelez- ous toujours votre enfant ? Voilà que j'ai tantôt trente is...

THOMAS. — L'homme qui ne sait rien est toujours un nfant en face de celui qui sait.

JEAN. — Et vous savez, vous ?

THOMAS. — Assez pour avoir compris qu'il est bon 'être seul.

JEAN. — Seul ! seul ! c'est bientôt dit; moi, j'aime ieux la compagnie ; et tenez, je viens de joliment

m'amuser ... Je sors des concerts populaires... pas
du Pasdeloup! Ah! non, ça, c'est trop sérieux, mais
des autres... des vrais concerts populaires, ceux qu'on
vient d'organiser... places à cinq et à dix sous... de
la musique à notre portée... des airs que nous connaissons. J'en ai encore l'oreille toute pleine.

(Il chante.)

O Mathilde, idole de mon âme!...

THOMAS. — Ah! ils ont organisé cela?

JEAN. — Mais oui... et le quadrille sur les airs de
Thérésa. Est-ce assez dansant?

C'est moi qui suis la femme à ba...arbe!

THOMAS. — As-tu le programme?

JEAN. — Oui, et avec un prospectus, encore! Moi, je
n'ai pas lu cela! parce que...

THOMAS. — Parce que tu ne sais pas lire!

JEAN. — Ah! si, quand c'est gros.

THOMAS. — (pensif, lisant le prospectus.) « Le fonda-
teur des concerts populaires tente une œuvre généreuse,
civilisatrice; il veut apporter sa pierre à l'édifice de
l'éducation publique, distraire, amuser, écarter des cabarets les ouvriers, qui ne savent que devenir quand

ommencent les soirées d'été. Enfin, il veut faire réelle-
ment de l'art musical une arme de moralisation ! »
Froissant le prospectus avec colère.) Misère et corde !
Des phrases !

*
* *

JEAN. — Vous avez l'air en colère, père Vireloque.
Pourquoi donc?

THOMAS. — Tu ne comprendrais pas.

JEAN. — Ne soyez donc pas méprisant pour le pauvre
monde. Je ne suis pas instruit, c'est vrai ; je suis bête,
je veux bien ; mais j'ai ma *jugeotte* tout de même...
vous êtes un savant, vous, quoique vagabond... dites-
moi ce que vous pensez !

THOMAS, *qui avait baissé la tête, la relève brusquement
et regarde Jean en face.* — Tu es fâché avec ton frère,
je le sais. C'est toi qui as eu tort. C'est un bon gars !
Laisse-moi, et va lui demander pardon !

JEAN. — Pour ça, non, père Vireloque. Je ne veux pas
avouer, je n'avouerai jamais que j'ai eu tort... Et s'il
me tombe sous la main !...

THOMAS (*à mi-voix*). — L'art musical est une arme de
moralisation !

JEAN. — Qu'est-ce que vous grommelez-là ?

THOMAS. — Assieds-toi et causons !

4

*
* *

THOMAS. — C'est que, vois-tu, et ceci soit dit sans aucune intention de t'humilier, j'ai bien peur que tu ne me comprennes pas...

JEAN. — Eh bien! père Vireloque, j'ouvre mes deux oreilles ; je ne vous interromprai pas, et, quand vous aurez fini, je vous demanderai les explications nécessaires... J'ai de la mémoire, je n'oublierai rien...

THOMAS. — Eh bien ! explique-moi, du mieux que tu pourras, ce que tu éprouves quand tu entends de la musique...

JEAN. — Ah dame! il y a musique et musique... Tenez, par exemple, quand j'entends :

> Restez, restez auprès de votre mère !
> Loin de sa mère, on souffre, on peut mourir !

eh bien, j'ai envie de pleurer.

THOMAS. — Distinguons, je te parle musique, tu me réponds paroles. Il t'arrive souvent, n'est-ce pas, dans ces concerts, d'entendre des airs dont tu ne connais pas les paroles; voyons, que se passe-t-il alors en toi ?

JEAN. — C'est bien drôle! si ça *m'empoigne*, je me sens tout *chose* ; il me passe des *chats* dans le dos, je remue la tête en suivant le mouvement, il me semble que je ne pense plus, que je ne vois plus! c'est comme

i j'avais bu une bonne bouteille ; seulement, ça ne dure
>as !

THOMAS. — C'est-à-dire que la musique te donne une
.orte d'ivresse...

JEAN. — Oui, c'est bien ça!... j'oublie femme, en-
ants, travail, soucis, tout, quoi! je me sens tout à mon
.ise, tout déluré, c'est très-bon !

THOMAS. — Tu facilites de beaucoup ma tâche. Ecoute
>ien ceci. La musique, j'entends celle qui, n'étant pas
.ccompagnée de paroles, ne leur emprunte par consé-
[uent aucune signification; la musique est un excitant,
n enivrant comme l'eau-de-vie, comme le vieux bor-
leaux ; elle procure à celui qui l'écoute une jouissance
rès-douce ; elle l'enlève pendant un temps plus ou moins
ong aux préoccupations de la terre pour le promener
lans le rêve... la musique est du chloroforme mélo-
lique, rien de plus!... Mais dire que la morale peut
;agner quelque chose à cette surexcitation momentanée
lu cerveau, c'est mentir!...

JEAN. — Voyons! voyons! C'est pas très-clair tout ça.
\insi, selon vous, ce n'est pas moral de s'amuser?...

THOMAS. — Misère et corde! je ne dis pas cela... je
lis que l'ivresse n'est pas morale, et la musique c'est de
'ivresse. Comprends-moi! Toi, par exemple, tu ne sais
>as trop lire, encore moins écrire... Crois-tu que tu ne
serais pas meilleur si tu étais plus instruit?...

JEAN. — Ah çà ! vous avez raison, père Vireloque. J'ai
non petit, qui a dix ans, et qui vaut mieux dans son

petit doigt que son père dans toute sa carcasse... Il sait lire, le petit, il sait un tas de choses... et je vous avouerai tout bas que quelquefois je lui demande conseil.

THOMAS. — Crois-tu qu'il vaudrait mieux pour lui de jouer à la toupie que d'aller à l'école?

JEAN. — Je voudrais bien voir cela.

THOMAS. — Pourtant il s'amuserait, cet enfant!

JEAN. — Mieux vaut apprendre.

THOMAS. Crois-tu que la musique t'apprenne quelque chose?

*
* *

JEAN. — Faut mieux aller là qu'au cabaret?

THOMAS. — Il paraît qu'il n'y a rien pour toi entre le concert et le cabaret.

JEAN. — Dame! je n'ai rien à faire, moi; je vais au cabaret... c'est naturel.

THOMAS. — Et tu ne vois rien qui vaille mieux que le cabaret et mieux que le concert?

JEAN. — Si!... de causer avec vous!

THOMAS. — Tu crois me flatter... tu ne dis que la pure vérité... D'une causerie avec moi, tu partiras meilleur... et je pense bien que tu n'iras pas boire en me quittant.

JEAN. — Ça, c'est vrai. Vous avez déjà bien voulu

causer de temps en temps avec moi, et ce jour-là, je poussais mon rabot avec plus de courage...

THOMAS. — Le même effet a-t-il été produit par les concerts ?

JEAN. — Par les concerts ?...

THOMAS. — Oui, par les concerts.

JEAN. — Ma foi, je ne m'en suis jamais aperçu.

*
* *

THOMAS *se parlant à lui-même.* — Misère et corde ! Voilà leurs belles phrases, avec leur moralisation par la musique. La musique ! un art faux, vide de sens, quand il n'est pas soutenu par sa sœur la poésie ; bon, je le veux bien, à distraire les lettrés et les gens du monde !.. Les gens du monde, c'est-à-dire ceux qui n'ont ni ne veulent avoir rien dans la tête ni dans le cœur... La musique qui accompagne délicieusement les repas des patriciens de la décadence romaine, qui soutient les danses des almées ou des odalisques, qui distrait les sauvages autour de leur feu de guerre, art qui surexcite, qui enivre, qui double les facultés quelles qu'elles soient, sans jamais les diriger ni les moraliser ; qui rendra furieux un homme en colère ; qui fera pleurer un lâche ; qui mettra en extase l'illuminé du parvis... La musique rend fou, mais elle ne rend pas bon... elle enivre, tandis que la probité veut le calme... Le même air lance les hommes les uns contre les autres ou les mène à une œuvre grande et belle... Art bâtard, sans principes ; art corrupteur par excellence... et c'est cela qu'on appelle une arme de moralisation !

✳
✳ ✳

JEAN. — Eh bien ?

THOMAS. — Eh bien, je dis qu'au lieu de vous offrir par la musique une simple distraction, un amusement qui ne laisse en vous aucune bonne trace appréciable, sensible, il vaudrait mieux vous réunir dans une salle où le vieux Vireloque vous conterait une histoire. — Il rabâcherait peut-être, le bonhomme, car il vous parlerait de l'honnêteté qui est un devoir, de la bonté qui est une obligation... il vous nommerait les travailleurs qui ont consacré leur vie à votre bien-être... il vous dirait la vie de ceux qui vous ont aimés... aidés... il vous dirait les joies de la famille, les enivrements de la paternité, les satisfactions du devoir rempli... à travers le passé, il vous montrerait l'avenir... et quand vous sortiriez de là, misère et corde ! vous iriez joyeux embrasser la femme qui vous attend, sourire à l'enfant qui vous appelle, vous vous rendriez plus légers à l'atelier, au travail, et quand vous seriez sur le point de commettre une méchante action, vous vous rappelleriez que le père Vireloque vous a dit que c'était mal !

JEAN. — Tenez ! continuez, père Vireloque ! Il me semble que vous avez joliment raison !

THOMAS. — Au lieu de cela, quand tu te rappelles des

ons flons, je voudrais bien savoir si cela te dit d'aller
mbrasser ton frère...

JEAN. — J'allais vous en parler !

THOMAS. — Et ce n'est pas ennuyeux, va, tout cela !
y a un moyen de vous intéresser tous. Ah ! si l'on
oulait m'en charger ! Quand je t'aurai dit que la haine
st stupide, quand elle n'est basée que sur l'amour-
ropre froissé ; que l'union dans la famille est avant
out bonne et nécessaire; qu'il y a de l'honneur et de la
loire à reconnaître qu'on a eu tort, tu me dirais :   .

JEAN. — Venez avec moi pour me réconcilier avec
on frère!

THOMAS. — Et j'y vais, enfant. Va, toute la moralisa-
ion musicale ne vaut pas quelques paroles jetées dans
n bon cœur... Misère et corde ! quand donc aurons-
ous des conférences populaires ?

XI

PÈRE ET FILS

PÈRE ET FILS

———————

Un jour, Thomas, se réveillant, reçut deux lettres.
L'une :

« Mon cher Thomas,

« Mon homme d'affaires m'a dit : L'article 205 du Code
Napoléon est ainsi conçu :

« Les enfants doivent des aliments à leurs père et
mère et autres ascendants qui sont dans le besoin. »

« Je suis dans le besoin. Mon fils me refuse des aliments; voyez-le, et décidez-le à obéir à la loi, de telle
sorte que je ne sois pas forcé de l'y contraindre par
voie judiciaire.

« Tout à vous,

« MATHIEU. »

L'autre :

« Mon cher monsiéur Thomas,

« Je connais l'article 205 du Code Napoléon. Mais je connais aussi l'article 203 qui dit :

« Les époux contractent ensemble, par ce seul fait du
« mariage, l'obligation de nourrir, entretenir et élever
« leurs enfants. »

« Mon père n'a rempli aucune des obligations édictées par l'article 203 ; pourquoi obéirai-je à l'article 205 ?

« Tout à vous,

« GERMAIN. »

Thomas prit une plume et écrivit à chacun :
— Venez.
Le lendemain matin, le père et le fils frappaient à sa porte.

* *
*

Il n'est pas de situation plus ridiculement triste que celle-ci : le père et le fils, en face, l'un de l'autre, et se regardant, sinon en ennemis, du moins en indifférents.
Mathieu était un vieillard de soixante-cinq ans environ, un mendiant, encore robuste, mais dont le dos s'était courbé sous un poids dont il était difficile de dé-

finir la nature au premier coup d'œil. Cependant ses
yeux rougis aux paupières, son nez aux teintes vigoureusement accentuées parlaient de débauches, tandis
que ses fortes mains eussent dû parler de travail.

Germain : trente ans, solide, bien campé.

— Parlez, leur dit Thomas. Je ne veux vous donner
ni à l'un ni à l'autre le droit de parler le premier. Ce
serait déjà préjuger la question. Tirez au sort.

Et les noms ayant été écrits sur de petits morceaux
de papier, Thomas tira : Germain dut parler.

*
* *

Il se leva.

— Assieds-toi et parle avec simplicité. Si tu as raison,
toutes phrases sont superflues. Il n'y a besoin d'avocat
que lorsque la vérité n'est pas évidente ; pour dire la vérité, on est mieux assis que debout.

— Eh bien, voilà ! J'ai trente-trois ans; l'homme qui est
là est mon père, en ce sens qu'il m'a engendré un jour
qu'il était ivre. Il m'a mis au monde, pourquoi ? Je n'en
sais rien. Je ne le lui ai pas demandé. Il a tué ma mère,
puisque la pauvre femme est morte en m'enfantant. Donc,
à peine suis-je né qu'il m'a fait du mal. Qu'il m'ait fait
nourrir par je ne sais qui, je ne sais où, quel gré puis-
je lui en avoir ? Pouvait-il me jeter à la rue ? La loi est
là; il a eu peur, voilà tout. M'a-t-il repris auprès de lui ?
Allons donc ! il se moquait bien d'avoir un enfant.
Seulement, quand j'eus cinq ans, ma nourrice, une
brave femme, à ce qu'il paraît d'ailleurs... je ne me la
rappelle pas, et elle est morte... ma nourrice se fatigua

de me nourrir et de m'héberger gratis... et un beau
matin elle me ramena à monsieur mon père, ici présent, qui m'accueillit par une calotte... Il était solide,
l'homme, mais il ne voulait pas travailler ; il aimait
mieux être vagabond et mendiant, comme aujourd'hui...
Il était saltimbanque sur les grandes places... Il me
prit par la main et me dit : Viens ! *moucheron*. Je le sui-
vis, et quand nous fûmes arrivés, je m'en souviens, à
un carrefour où il y avait beaucoup de monde, il se mit
à jongler avec moi comme il eût fait avec une balle de
liége... Cela me faisait mal, les sauts me retentissaient
dans la tête, et j'avais horriblement peur... Je criai
d'abord, j'avais de grosses larmes qui faisaient gravier
sous mes paupières... Mais cet homme, mon père, me
lança un si furieux regard que ma terreur alla se pelo-
tonner au fond de ma poitrine... Je me tus, et, fermant
les yeux, je me laissai aller. Quand il eût fini, il ramassa la recette, la mit dans sa poche et me jeta quatre
sous en me disant : Maintenant, vilain môme, va nocer.

— Eh bien, après ? fit le mendiant, fallait peut-être
te donner vingt francs pour aller chez Tortoni !

— Laissez parler, reprit Thomas Vireloque d'une voix
grave, vous répondrez après.

— Pourquoi ça que je le laisserais parler ? Oui, c'est
vrai, oui, il m'a aidé à gagner ma vie; est-ce que les enfants ne sont pas la propriété des parents? C'est peut-
être pas moi qui l'ai fait! Et monsieur, qui parait si doux
et si sévère aujourd'hui, si honnête, savez-vous ce qu'il
a fait? A dix-huit ans il a volé, et il a tâté de la police
correctionnelle.

Germain eut un horrible mouvement de colère. Il se

ressa de toute sa hauteur, levant le bras comme s'il eût
voulu écraser son père; mais, sur un regard de Thomas,
il s'arrêta, se laissa retomber sur sa chaise :

— Oui, volé! oui, j'ai volé? mais pourquoi? parce que
cet homme, le *père*, quand il avait terminé ses exer-
cices, quand il avait travaillé, comme il disait, cet homme
s'enfermait dans un cabaret, et que moi, son fils, j'errais
sur le pavé de la grande ville, en compagnie de vau-
riens et de vagabonds; j'avais cinq ans lorsque ma
nourrice m'abandonna : jusqu'à l'âge de dix-huit ans, je
ne sus ni ce qui était bien, ni ce qui était mal. Cet homme
m'inoculait le vice : sa personne sentait la débauche. Je
ne savais pas lire! J'étais comme la brute qui, battue
toute la journée, cherche le soir un coin où elle puisse
se reposer tranquillement ou bondir en liberté. Alors,
quand lui s'enivrait, je courais, je sautais. Je n'étais
jamais seul. On m'avait proclamé bon garçon. Ma bouche
grimaçait d'ignobles plaisanteries, je connaissais toutes
les infamies, j'étais rivé au mal... Quand parfois je
rentrais la nuit, ce dont il ne se préoccupait guère, pourvu que je fusse là le matin à l'heure du travail, je le
trouvais en compagnie de femmes et d'hommes immondes.
Des scènes répugnantes se passaient sous mes yeux...
J'ignorais ce qu'était la pudeur... Qui sait même ce que
disaient ces hommes en me regardant... Lui s'amusait
à voir les femmes *jouer* avec moi... si bien que de vice
en vice, de dégradation en dégradation, je roulai un jour
jusqu'à la police correctionnelle... Je fus enfermé dans
une maison de correction. La prison me sauva... car
elle me sauva de cet homme. Je ne sais quel reflet
de justice et de probité illumina mon cerveau... Je

voulus voir, savoir, et, sorti de là, quand je le trouvai,
toujours le même, titubant à la porte sur ses jambes
avinées et m'attendant pour me ressaisir comme une
proie, je m'enfuis... Aujourd'hui, j'ai appris; aujour-
d'hui, j'ai travaillé, je suis honnête, je suis ouvrier, je
gagne mon pain à la sueur de mon front et à la force de
ma probité... Et cet homme vient élever quelques récla-
mations ! il prétend avoir un droit! lequel donc? Le
droit du sang? Je le nie, il n'est pas absolu. Le père
n'est rien, qui n'a rempli aucune des obligations que lui
imposait sa paternité même... Il est moins pour moi
que l'homme qui m'a prêté cent sous un jour de misère
et de faim... Les liens de famille! Il n'y a pas de famille là où il n'y a pas eu association réelle, contrat
exécuté de part et d'autre... Cet homme est mon ennemi, je ne le connais pas... qu'il se félicite que j'oublie
même jusqu'à son existence.

— Ah! c'est comme ça! cria le mendiant; ah! tu
renies ton père! nous verrons bien... L'homme d'affaires me l'a dit... il y a dans le Code un article qu'il
m'a lu, même qu'il l'a transcrit tout du long sur un
morceau de papier... Tenez, le voilà, lisez ça, monsieur
Thomas !

Thomas lut :

« Art. 205. Les enfants doivent des aliments à leur
père et mère et autres ascendants qui sont dans le besoin. »

— Et je suis ton père et je suis dans le besoin. Tu
payeras! tu feras une pension à ton vieux père...

« Art. 203, continua Vireloque, le père contracte l'obligation de nourrir, entretenir et élever ses enfants. »

— Eh bien, est-ce que je ne l'ai pas nourri et entre-
tenu, ce gars-là !

— Misère et corde ! dit alors Vireloque au père, vous
êtes un misérable. Car si vous avez jeté un morceau de
pain à votre fils, comme on l'eût fait à un chien, vous ne
lui avez même pas jeté une parcelle de ce pain dont
l'intelligence est affamée... car vous ne l'avez pas envoyé
à l'école... car vous ne lui avez pas enseigné ce qui est
bien, en l'éloignant de ce qui est mal... car vous n'a-
vez rempli aucune des obligations de père... et n'êtes
pas son père.

— Je prouverai que je suis son père !

— Le père est celui qui prend par la main la créature vivante, et la guidant à travers la vie, par un chemin droit, ne laisse aller l'enfant que lorsque celui-ci
est assez fort pour ne plus chanceler. Amour filial, c'est
reconnaissance. Le père est le premier ami, celui qui
soutient, conseille et encourage l'enfant trop faible ou
trop inconscient... De quoi peut-il vous être reconnais-
sant, à vous qui êtes son premier ennemi ? Il n'y a ici
ni père ni fils, il y a deux hommes dont chacun doit
oublier l'autre...

— Il y a des juges ! on plaidera.

Germain se lève et sort.

Thomas l'arrête sur le seuil de la porte et lui dit :

— Plaide ta cause comme tu m'as parlé.

XII

LE SUICIDE

XII

LE SUICIDE

————◦——◦——————

(*Lieu de la scène : Rues et cabarets.*)

Deux ouvriers, jeunes, dans la force de l'adolescence, vingt-trois et vingt-quatre ans, ont déserté l'atelier : munis de quelque argent, ils passent plusieurs jours dans la débauche, boivent, jouent et se livrent à toutes les joies frelatées d'esprits dévoyés ; puis, quand leurs poches sont vides, quand leur tête est surexcitée par l'ivresse, quand leurs forces physique et morale sont anéanties par l'orgie, ils se regardent, et la même idée surgit à la fois dans leurs cerveaux :

Il faut mourir.

Mourir, pourquoi ? parce que dans ces quelques jours d'oisiveté et de folie, ils ont senti se briser en eux le peu de liens qui les rattacháient à la vie honnête et travailleuse.

Si chacun d'eux avait été seul, il n'est pas douteux

que cette idée ne lui fût pas venue. Mais dès que la pensée mauvaise est entrée dans l'esprit de l'un, il en a fait part à son camarade.

— Voyons, a-t-il dit, est-ce que tu as envie de retourner à l'atelier ?

— Non... le travail m'ennuie...

— Tu as raison..., le travail, n'est-ce pas l'esclavage continuel, l'obligation de se rendre à l'atelier à une heure fixe, de se sentir enchaîné pendant toute une longue journée... Ma foi, écoute, nous nous sommes bien amusés pendant ces quelques jours ; moi, j'en ai assez, j'ai envie de me tuer... Courte et bonne, c'est encore ce qui vaut le mieux.

— C'est une idée... d'autant plus que le travail, c'est trois francs par jour, c'est la *déche*, et la *déche* m'assomme...

— Oui, mais auras-tu le courage de te tuer...

— Pour qui me prends-tu ?

Et tous deux s'excitent. L'amour-propre s'en mêle. L'idée formulée en riant et sans qu'aucun des deux y attachât grande importance, prend corps et s'impose. Chacun a peur de paraître lâche devant son camarade, la vanité les domine. Ils dépensent leurs dernières pièces blanches chez un marchand de vin....

*
* *

Quelques minutes après, la tête alourdie par l'alcool, ils arrivent sur le trottoir. Ils discutent rapidement les divers moyens qui sont à leur disposition pour se tuer.

— Un pistolet?

— Nous n'avons plus d'argent.

— Du poison?

— Où en trouverons-nous ?

— Si nous nous jetions d'un pont?

— Merci... l'eau est trop froide.

Passe un omnibus montant le faubourg Saint-Antoine ; le véhicule va lentement, par cahots. Les roues semblent écraser le pavé. La machine paraît dix fois plus lourde que lorsqu'elle roule rapidement.

— Voilà mon affaire, dit l'un.

— Tu n'oserais pas!

— Ah! je n'oserais pas!..

Et le malheureux s'élance, dégageant son bras des mains de son ami, qui a presque un remords et voudrait le retenir... il court au-devant de la voiture, il se courbe, s'étend sur le pavé, la poitrine sous la roue...

La roue fait deux tours. On entend un craquement... l'homme est écrasé... l'homme est mort.

*
* *

— A mon tour maintenant, s'écrie l'autre.

Et comme un autre omnibus descend le faubourg, il s'élance à son tour sous la roue...

Les deux suicides sont accomplis.

Thomas Vireloque passe dans les groupes. On raconte le fait.

— Avaient-ils du chien!

— Dame! quand on est dans la dèche!

Thomas pose la main sur l'épaule de celui qui parle :

— Misère et corde! jeune homme, tu te tuerais donc, toi? Sais-tu ce que c'est que le suicide?...

— Ça m'est bien égal! faut du zinc, v'là tout.

— Non! suicide, duel, deux folies! Le suicide est faux, à moins qu'il n'ait sa raison d'être dans une de ces douleurs profondes que rien ne peut diminuer ni consoler : le suicide, c'est le duel contre soi-même, le présent et l'avenir qui se collettent. Les souvenirs poignants, la situation actuelle est mise en face d'un avenir incertain ; la somme des douleurs passées, des souffrances réelles est placée dans un des plateaux de la balance, et, dans l'autre, pèsent bien légère-ment les chances d'un avenir inconnu : équilibre rompu, balance folle, suicide!

UN PASSANT, qui a entendu les derniers mots :

Vous avez raison, le suicide peut être le résultat de deux actes mentaux bien distincts, soit une oblitération passa-gère du sens moral et intellectuel, soit, au contraire, une tension exagérée des facultés sur un seul point. L'homme, dans la tête duquel a germé l'idée de suicide, se com-plaît à discuter avec lui-même, à peser le pour et le contre de cette manifestation suprême de sa volonté; et, s'il se tue, c'est qu'il le veut, c'est qu'il s'est con-damné de sang-froid, de propos délibéré. Ces suicides sont rares, et le plus souvent, cet acte est le résultat d'une monomanie plus ou moins prolongée, atteignant enfin son paroxysme d'intensité.

THOMAS. Du temps que je lisais, j'ai, je m'en souviens, trouvé cela dans un livre, et c'était juste ...

« Nous sommes sur le bord d'un précipice. Nous regardons dans l'abîme — nous éprouvons du malaise et du vertige. Notre premier mouvement est de reculer loin du danger. Inexplicablement nous restons. Peu à peu notre malaise, notre vertige, notre horreur se confondent dans un sentiment nuageux et indéfinissable. Puis, de l'abîme s'élève une forme de plus en plus palpable qui se condense dans cette idée : Quelles seraient nos sensations devant ce parcours d'une chute faite d'une telle hauteur ? Et cette chute — cet anéantissement foudroyant — par la simple raison qu'ils impliquent la plus affreuse, la plus odieuse de toutes les plus affreuses et les plus odieuses images de mort et de souffrances qui se soient jamais présentées à notre imagination — par cette simple raison, nous les désirons plus ardemment. »

LE PASSANT. Oui, Edgar Poë a dit cela : c'est ainsi qu'il définit le *démon de la perversité*, théorie dont le fait actuel est la confirmation. Lorsque l'idée de ces deux hommes se fut fixée sur cette mort, qu'ils savaient douloureuse, le caractère *atroce* de cet acte désespéré les a fascinés, enivrés... et ils se sont lancés dans cette souffrance, par cela même qu'ils la sentaient affreuse.

THOMAS. Suicide, c'est ivresse et non courage! Encore un souvenir... Il y a quelques années, j'entrai le pre-

mier dans la chambre d'une jeune fille qui s'était as-
phyxiée.

Il était environ sept heures du soir; c'était l'été. Encore
un peu de jour. Cependant, quand je pénétrai dans cette
pièce, je ne pus rien distinguer. Obscurité profonde.
Fenêtres calfeutrées. Une âcre odeur d'acide carbonique
vous prenait à la gorge.

J'arrachai les rideaux; une lueur douteuse se répan-
dit dans la chambre et éclaira vaguement. Horrible spec-
tacle!

Les chaises, une petite table, un fauteuil avaient été
renversés... au milieu de tout cela, un corps gisant sur
le sol, la figure contractée, les yeux sortant de l'orbite,
les bras tordus, la bouche ouverte comme pour crier...

La malheureuse, elle aussi, avait été saisie au cerveau
par ce que vous appelez le démon de la perversité...
mais la mort avait été lente, au moment suprême, cette
effroyable erreur s'était dissipée. Ce spectre, auquel elle
avait tendu les bras, qu'elle avait voulu embrasser, lui
avait semblé tout à coup froid, horrible, repoussant, et
alors la misérable avait voulu échapper à son étreinte...
elle avait voulu lutter, elle s'était élancée vers la fenêtre... mais le spectre la tenait... Il ne voulait pas la lâcher... elle tomba... elle se débattit... puis la main de la
mort la prit à la gorge, l'étrangla... et tout fut fini.

Ainsi en eût-il été de ces deux malheureux, si, entre
la première souffrance et la mort, il y eût eu place pour
le réveil des facultés endormies par le *démon de la perversité*.

Alors la misère leur eût paru préférable à la mort, le
travail meilleur que la douleur.

Et ils se fussent rattachés à la vie, à l'avenir, de toute la vigueur de leurs énergies ressuscitées.

Le suicide, c'est un enivrement de la mort qui se dissipe aux premières tortures... Ceux-là n'ont pas souffert.

Ce sont des fous qui n'ont pas eu le temps de s'éveiller.

XIII

PHILOSOPHES ET SAVANTS

XIII

PHILOSOPHES ET SAVANTS

..... L'homme est le chef-d'œuvre de la création.

— Et qui a dit ça ? L'homme.

(GAVARNI.)

———————

Une vaste salle au rez-de-chaussée. Au milieu, une table recouverte d'un tapis vert. Des livres, des manuscrits, du papier blanc. Une sphère. Un crâne. Au mur, un squelette et un écorché, séparés par un planisphère céleste. Dans un coin, une autre table couverte de cornues, d'alambics et de flacons. Un appareil de Rhumkorff. Des fauteuils de cuir. Il fait chaud, la fenêtre est entr'ouverte et les volets extérieurs ne sont pas complétement fermés.

Le docteur SOUL debout, les deux mains appuyées sur la table, et parlant à deux autres docteurs qui le regardent en réprimant un sourire :

— Mais, chers confrères, et en dépit de votre prétendu matérialisme, il est évident que le corps est subordonné à un principe impondérable qui n'est pas la matière, que vous ne pouvez toucher, peser, lequel principe j'appelle l'âme...

Le docteur LIFE, à mi-voix. — Continuez, continuez, nous vous répondrons !...

SOUL. — Nierez-vous que l'homme soit l'être le plus parfait de la création ?...

Le docteur STRENGTH. — De ce que nous en connaissons, du moins...

SOUL. — Qui dit le contraire ? Mais interrogez cet être à la fois si complexe et si beau, et vous discernerez en lui deux substances, l'une brutale, grossière, palpable, imparfaite au premier chef, le corps ; et l'autre, pure, élevée...

LIFE. — Direz-vous parfaite ?

SOUL. — Certes, parfaite, en tant qu'elle n'est pas souillée, corrompue par son contact avec le corps... le corps, machine qui obéit à l'âme comme le ressort à la main de l'ouvrier...

STRENGTH. — Mais si elle lui obéit si aveuglement, pourquoi dites-vous que le corps corrompt l'âme ? Cela est contradictoire.

SOUL. — Si parfaite qu'elle soit, peut-elle rendre parfait un appareil imparfait ?

LIFE. — Mais comment expliquerez-vous qu'une substance immatérielle puisse agir sur la matière ? Quel lien entre deux ordres de faits si dissemblables, si hétérogènes?

SOUL. — Ne me faites-pas, je vous prie, tomber dans le spiritualisme ; L'animisme est logique, là où le spiritualisme s'égare dans l'abstraction ; je parle du fait, je ne l'explique pas. L'âme existe, elle le prouve par elle-même; sa domination sur le corps n'est un mystère que pour les aveugles volontaires. Souvenez-vous de ce que disait saint Thomas : L'âme est si bien la réalité du corps, que c'est *par elle* qu'il est corps organisé et faculté vivante...

LIFE. — Mais l'âme a-t-elle, selon vous, une existence indépendante du corps? *Quid* après la mort ?

SOUL. — Après la mort, l'âme se sent incomplète, elle est sans action, sans cependant cesser d'exister. La vapeur, dans la chaudière, a sa valeur d'impulsion; à l'état libre, elle n'en existe pas moins, elle n'agit plus, voilà tout... l'âme vogue dans l'espace, attendant que la résurrection remette à sa disposition l'appareil dans lequel elle se développera de nouveau active et vivace.

STRENGTH. — Mais si votre corps n'agit que par votre âme, toutes les fonctions du corps dépendent donc de l'action de l'âme ; non-seulement votre âme pense, mais encore elle digère, elle marche, elle transpire, etc., etc., elle accomplit, en un mot, toutes les mêmes fonctions de la vie...

SOUL. — Vous pensez me confondre ; Stahl s'est chargé

de vous répondre; il a bien distingué l'âme raisonnante et l'âme raisonnable, le *logos* et le *logismos*. « C'est pour penser, a-t-il dit, et non pour autre chose, que l'âme existe ; car il n'y a rien dans l'univers qui égale en beauté la pensée. » Rien ne se fait que par la volonté de l'âme. Le *logos* discerne et le *logismos* sent; là est la nuance. Ne la sentez-vous pas ?

STRENGTH. — Je sens que maintenant vous me gratifiez de deux âmes. Merci, c'est de la générosité. Je vous demanderai seulement comment il peut se faire que votre âme immatérielle se plie à d'aussi bas emplois que certains d'entre eux, que je pourrais citer.

SOUL. — Mais l'âme n'a pas conscience, lorsqu'elle accomplit les fonctions vitales...

STRENGTH. — Galimatias que tout cela! Conscience et fonction sont deux, et n'ont entre elles aucun lien... Si l'activité de l'âme n'est pas toujours volontaire et libre, ce n'est plus une âme, c'est une force, rien de plus !

SOUL. — Le mot vous tient bien au cœur, âme ou force, c'est tout un.

LIFE. — Je vous ai laissé parler, chers confrères, à mon tour.

STRENGTH. — Mais je veux expliquer à ce déiste de Jouffroy...

SOUL. — Restez calme, je vous prie, docteur, écoutons l'honorable M. Life.

LIFE (*avec un sourire*). — Mais, chers amis, vous discutez sur une pointe d'aiguille, et je vais, d'un mot, vous mettre d'accord... Je crois à l'âme, je crois au corps. Je suis donc de bonne composition. Où est la difficulté ? Dans le point de suture qui unit l'une à l'autre. Je ne comprends pas que vous, chers confrères, des hommes sérieux et auxquels la nature a livré tous ses secrets; vous que l'étude aurait dû conduire à la simplification, je ne comprends pas, que vous n'ayez déjà trouvé le mot du problème. Vous êtes en présence de deux rives, l'une à droite, l'autre à gauche; que faut-il pour les réunir?.. un pont. Trouvez le pont, et voilà votre passage assuré. Entre l'âme et le corps, il y a, de par la logique, un point de contact, de jonction, il y a un principe intermédiaire qui relie l'âme au corps. Est-il rien de plus simple, de plus facile à comprendre.   ·

SOUL. — Simple, soit. Vrai, c'est autre chose.

LIFE. — Tout ce qui est nécessaire est vrai. Le principe intermédiaire est nécessaire, donc il est. Le maître s'appelle Barthez, il a dit : La chose qui se trouve dans les êtres vivants et ne se trouve pas dans les morts, nous l'appellerons âme, archée, principe vital, x, y, z, comme les quantités inconnues des géomètres.

STRENGTH. — Mais je n'en dis ni plus, ni moins.

LIFE. — Mais cette inconnue x, y, z, existe, indépendamment de l'âme, indépendamment du corps, c'est un *ferment* qui fait *lever* la matière et la rend apte à recevoir l'âme, comme la saison rend la femelle apte à la conception.

STRENGTH. — Oui, phlogistique du XVIIe siècle.

LIFE. — Si vous voulez, je ne dis pas non. La vie tient au fluide vital ; ce fluide unit le corps à l'âme, comme le fil conducteur unit la pile à l'objet électrisé : l'objet et la pile sont distincts, il s'établit un courant de l'un à l'autre, c'est pour la vie x, y, z qui est le fil.

STRENGTH. — C'est d'une clarté discutable.

LIFE. — Vous vous abusez étrangement : l'agent intermédiaire est entre les mains de l'âme...

SOUL. — Oh! oh ! entre les mains !.....

LIFE. — C'est une figure. L'agent, dis-je, est entre les mains de l'âme comme un instrument dont elle se sert pour dominer le corps, instrument soumis à l'âme et dépendant de la matière.

SOUL. — Mais vous rentrez dans mon système, car votre agent ne fait qu'un avec l'âme; il n'en est qu'un attribut, une fonction, une puissance...

LIFE. — Erreur! Il y a trinité chez moi ; chez vous, il y a dualité.

SOUL. — La dualité est logique, elle est évidente...

LIFE. — La trinité saute aux yeux.

(On entend un ricanement au dehors. Thomas Vireloque, appuyé contre un des volets entr'ouverts écoute
la discussion des savants; son masque grimaçant respire
l'ironie. C'est lui qui a ricané.)

STRENGTH. — Messieurs, vous avez dit et vous ne vous
êtes pas convaincus : veuillez, je vous prie, m'entendre à
mon tour et me prêter quelques minutes d'attention.

Vous, docteur Life, vous êtes vitaliste; vous, docteur
Soul, vous êtes animiste. Fort bien ! Moi, je crois aux
dynamisme. Or, qu'est-ce que le dynamisme, sinon la
reconnaissance implicite, nécessaire de la force vive qui
anime et développe toute la nature. Nierez-vous qu'il y
ait au plus profond de la nature une force intense,
latente quant à ses causes, évidente quant à ses effets?

Examinez ce qui vous entoure : comment se forment
les cristaux? En vertu de quelle puissance se consument
ces aliments si divers qui donnent naissance à ces com-
posés nombreux, à ces multiples de l'unité naturelle,
que nous touchons à chaque pas?

Je le répète, pouvez-vous nier une seconde que la
force existe?

LIFE.— Mais personne ne songe à nier une vérité aussi
palpable. Reste à savoir ce qu'est cette force.

STRENGTH. — Ne m'interrompez pas, je vous en su-
plie. Le dynamisme considère les phénomènes vitaux
comme des mouvements; soit que ces mouvements soient
le résultat des forces universelles auxquelles est soumis
le monde physique, soit qu'au contraire ils supposent des
forces spéciales et différentes de toutes celles que recèle

5

la nature inorganique. Je crois qu'il est impossible de poser plus nettement le problème.

SOUL. — Poser un problème n'est rien. Il s'agit de le résoudre.

STRENGTH. — Le corps vivant est formé d'une substance éminemment mobile et changeante, toujours renouvelée, mais que l'action perpétuelle de forces diverses maintient en certaines formes organiques. Je n'ai certes pas la prétention de vous dire, la vie vient d'ici plutôt que de là ; là est le centre vital. Mais il est un fait évident, c'est que peu à peu la science se rend un compte exact de l'organisation intime de la machine créée; elle analyse ce mécanisme admirable, et elle est arrivée, à comprendre que l'organisme est une machine qui fonctionne en vertu même de ses éléments constituants et sous l'influence des conditions physico-chimiques qui agissent sur eux.

LIFE. — Èh bien ! après ?

STRENGTH. — Quant à ces conditions déterminantes du développement et de l'action des forces, il faut tenir compte du milieu où le corps se meut, des éléments primordiaux de son *organicié* particulière. Encore un peu de temps, et nous arriverons à reproduire les éléments anatomiques.

LIFE. — Ah ! certes... alors seulement vous pourrez nier ce que nous avançons ; car alors seulement vous

rez créé ; donc vous saurez ce que vous avez fait, et il
us sera permis de parler.

STRENGTH.— Quand la logique et le raisonnement nous
montrent que cette reconstitution n'est pas impos-
le, et que les seules dificultés résident dans l'imper-
tion de nos appareils, cela n'équivaut-il pas à la
solution du problème.

SOUL. — Non ; car, quant à présent, vous vous payez
mots. Ce que vous prenez pour des démonstrations
est après tout qu'une aspiration de tous vos appétits
ientifiques. Et, avouez-le, vous qui semblez si certain
ce que vous avancez, avez-vous fait faire le moindre
s à la médecine... ?

STRENGTH. — Croyez-vous que ce soit votre âme ou
tre phlogistique qui sauveront l'humanité, accablée
us les fléaux et perclue de souffrances ?

SOUL. — L'âme, du moins, est indépendante de ces
uffrances, elle se soustrait à ces fléaux, et ce m'est
e grande consolation, quand le corps frissonne de
uleur, de songer que l'âme est vivante et que rien ne
ut l'atteindre.

STRENGTH. — Quand je reçois un coup et que je crie,
u m'importe que mon âme échappe aux coups de
ique, puisque en réalité je souffre.

SOUL. — Vous êtes un impie !...

LIFE. — Vous, Soul, vous êtes illogique ; votre âme

n'a aucune signification, puisque rien ne l'attache au corps.

SOUL. — Ah! vous allez revenir à votre pont?

LIFE. — J'aime mieux mon pont que les fioles chimiques de *Strength*.

STRENGTH. — Le pont est mauvais, mais l'âme qui... ou bien encore... cela vaut bien les manipulations du laboratoire.

SOUL. — Vous êtes un insolent.

STRENGTH. — Et vous un sot.

LIFE. — Vous êtes deux fous.

TOUS TROIS *en chœur.* — Et cependant quelle grande et magnifique création que l'homme!

THOMAS VIRELOQUE qui a entr'ouvert la porte et montre une partie de son manteau troué : Qui a dit ça? ces hommes-là?...

Les trois docteurs se retournent brusquement, et une expression de profond dégoût se lit sur leurs visages.

STRENGTH. — Quel est cet animal ?

THOMAS VIRELOQUE entrant tout à fait : Cet animal, c'est un homme, grande et magnifique création.

LIFE. — Arrière, mendiant ! nous n'avons rien de commun avec toi.

THOMAS — Que si fait. Homme et animal, comme ous... misère et corde ! Ça parle et ça discute. Ça ait des phrases. C'est orgueilleux, bas et plat. Cela a outes les vanités et toutes les petitesses. Ah ! vous oulez savoir la vérité, connaître le fin fond du sac... e vais vous dire pourquoi. Parce que vous avez peur t que vous êtes lâches. Vous avez peur, de quoi ? De 'avenir. Vous êtes des chiens, et ne voulez pas en onvenir. Vous vivez, vous bavardez, vous creusez des mpossibilités, parce que vous ne voulez pas accepter eci : Vous n'êtes rien, vous êtes venus de rien et vous etournerez à rien. J'ai entendu... misère et corde ! es baliverniers ! Il vous faut une âme, un pont, ou ıne force, à votre usage personnel, s'entend.

Les mendiants, les autres, qu'est-ce que cela vaut ? la crève au coin d'une borne et ça devient ce que ça eut.

Mais, messieurs les savants, ça veut un avenir. Ça veut que la mort soit un commencement. Et alors vous vous éreintez à trouver le principe de la vie pour leviner la fin. Étudier ce passé, pour vous, c'est prenIre une assurance d'avenir. Est-ce qu'un homme (je lis un homme et non un animal comme moi), est-ce ıu'un homme meurt? Gourmands ! Il vous faut une vie iternelle, il vous faut un autre monde, et c'est là ce ıue vous cherchez dans vos alambics.

Vous ne vivez pas, et cela par espoir d'une vie future. Vous seriez grandement humiliés de croire que tout est fini avec le *couic* qui clôt la comédie. Votre orgueil se révolte, pas vrai. Voyez-vous mes beaux savants ayant tourné de l'œil, pourrissant et servant d'engrais. C'est bon pour nous ! Alors, il vous faut être rassurés contre cette terreur qui vous serre la gorge. Vous prétendez travailler pour l'humanité. Blagueurs ! vous travaillez pour vous, vous manipulez de petits élixirs de vie éternelle. Ame ! Phlogistique ! Force ! des mots. Vous frissonnez parce que vous ne savez rien, voilà tout, et que la mort vous répugne.

Misère et corde ! l'homme est un chien qui joue des pattes et de la gueule pendant un temps donné, tant que la machine a de l'huile. Et puis, bonsoir ! le chien crève et pourrit. C'est fini.

Les trois docteurs veulent s'élancer sur Thomas Vireloque qui fait le moulinet avec son bâton.

— Tout doux ! mes beaux savants ! l'animal mord, et vous, vous avez les dents ébréchées. Cherchez votre âme en repos. Ou bien, misère et corde ! je vous mets à portée de trouver tout de suite la clef du problème. Au revoir !

XIV

LA MORT D'UNE FILLE

XIV

LA MORT D'UNE FILLE

A la porte du Helder. Quatre heures du matin. Le jour commence à venir, pâle et blafard. La bouquetière s'est endormie sur les marches de l'escalier. De temps à autre descendent des groupes ou des couples ; les femmes, couvertes de soie et de dentelles, blémissent sous le fard qui s'écaille. Les hommes ne rient plus, la fatigue plisse leurs joues et contracte leur bouche. Quelques-uns sont ivres et fredonnent encore un refrain qui sort éraillé de leur gosier brûlant. Les cochers guettent les soupeurs et les happent au passage. On se hâte de monter et de s'étendre sur les coussins.

Thomas Vireloque est étendu sur le banc qui fait face au restaurant ; son chapeau retombe sur ses yeux ; son bâton repose à côté de lui.

Un garçon sort tout à coup précipitamment, et, descendant quatre à quatre l'escalier, se lance sur le trottoir,

5.

en hélant un cocher. On voit un groupe se former sur les marches, et puis s'entr'ouvrir.

Quelque chose descend lentement : une masse toute rutilante de couleurs voyantes, de dentelles et de bijoux, soutenue sur les bras de deux hommes vigoureux. C'est une femme !

Sa tête pend en arrière ; ses lèvres sont affreusement pâles, et ses yeux, à demi fermés, laissent passer un regard terne et sans couleur ; sa jupe s'est relevée et se serre sur des jambes assez fortes, cachées sous des bas de soie rose. Les dentelles déchirées tombent comme une guenille. Ce n'est plus une femme, c'est un paquet.

En franchissant les dernières marches, un des hommes perd l'équilibre. Le corps vacille brusquement et le bras heurte la rampe ; la femme pousse une sorte de râlement.

Enfin le groupe a atteint le trottoir. On voit le corps tressauter à chaque pas de ceux qui le soutiennent.

— Elle est rudement lourde, dit l'un.

— Je te crois. Belle fille, et tout ce qu'il faut pour... écrire.

— Qu'est-ce qu'elle a ?

— Elle est soûle, parbleu !

Un jeune homme descend à son tour et s'approche de la voiture pendant que les hommes y introduisent le corps inerte.

— Elle ne s'aidera pas un peu cette g... là, dit le cocher. Hé ! dites donc, retournez les coussins qu'elle ne les salisse pas, vingt Dieu !

Le jeune homme au cocher :

— Vilaine course, hein? voilà dix francs. C'est rue Laval prolongée, 27; sonnez et appelez la concierge.

— Oui, mais c'est tout de même bien embêtant!

Des femmes et des jeunes gens entr'ouvrent la fenêtre d'un des cabinets du Helder.

Une voix :

— Dis donc, Charles, est-ce que tu vas coucher là? Paye le cocher et remonte, elle n'a pas besoin de toi pour ce qu'elle a à faire...

— A moins que tu ne veuilles lui tenir la tête.

— Voilà, je remonte.

La voiture s'éloigne au grand trot des chevaux.

— Bon vent! crient les voix.

Les garçons causent un instant à la porte.

— Elle a l'air rudement malade.

— Oui, la fièvre de *champ*... on connaît ça. Le cœur tourné, on n'y pense plus.

Thomas Vireloque se lève de son banc, et se met à suivre la voiture au pas de course.

— Ceci a amusé cela, murmure-t-il; que ça crève... après?

* *
*

Rue Laval prolongée. La voiture s'arrête. Thomas Vireloque s'approche de la portière :

— Qué que tu veux, toi? dit le cocher.

— Rien ! répond Thomas... Seulement... c'est ma sœur.

Il sonne plusieurs fois inutilement. Enfin la porte s'ouvre.

— Voulez-vous m'aider à monter cette malheureuse? demande Thomas au cocher.

Celui-ci ne répond pas. Il hausse les épaules, et ouvre la porte de la voiture.

— Hé ! la petite mère ! ça y est ! Un peu de zinc, cré nom ! et en route !

La femme ne bouge pas.

Le cocher lui tire le bras.

— Faut pas nous *la faire* à l'évanouissement... Nom d'un nom ! Elle a craché sur les coussins.

En effet, une écume rougeàtre a coulé des lèvres de la misérable sur le drap intérieur.

— Tu vas payer ça, gredine !

Thomas revient. Sa haute taille domine le cocher, il le prend par l'épaule et le recule brusquement.

— Qu'est-ce que c'est ? qu'est-ce que c'est ? dit le cocher d'une voix traînante, des façons à papa! mon petit frère !

Et il lève le fouet sur Vireloque.

Vireloque d'un revers de main arrache le fouet, et, de l'autre, assène un coup violent sur la tête du cocher, qui roule étourdi. Puis, d'un mouvement rapide, il saisit à bras le corps la malheureuse qui râle, et disparaît sous la porte de la maison. En passant, les pieds de la femme poussent cette porte et la ferment.

Thomas est dans l'obscurité, mais une ombre blanche parait sous le vestibule. Une chandelle éclaire la scène. C'est le concierge qui s'est levé.

— Vous ne pouviez pas entrer plus vite que ça... au

lieu de laisser la porte ouverte aux vagabonds. Hein !
qué que c'est qu' ça ? La Clara ! et dans un joli état !
Ah ! ces r......-là, ça n'en fait jamais d'autres. C'est
bien bon, hein ? de se soûler comme ça... et ça pose
une maison !

— Monsieur, demande poliment Thomas, voulez-vous
m'indiquer l'appartement de cette pauvre femme ?

La tournure de Thomas paraît produire sur le concierge une fâcheuse impression. Le Diogène a toujours
son grand manteau troué et son emplâtre à l'œil, son
bâton sous son bras. Le concierge fait deux pas en arrière.

— Qui êtes-vous... vous ?

— Un homme qui a trouvé une femme mourante et
qui l'a ramenée.

Comme, en résumé, l'explication est plausible, comme
en outre Thomas soutient toujours depuis plusieurs
minutes le corps sur ses deux bras, ce qui prouve en
faveur de ses biceps, le concierge ne croit pas devoir
insister. Il grogne sourdement :

— Et ça amène du monde propre dans la maison.....

— A quel étage ? dit Thomas, en posant le pied sur
les premières marches de l'escalier.

— Essuyez vos pieds, au moins... Au troisième, à
gauche.

— A-t-elle quelque amie dans la maison ?

— Oui ; frappez en face.

Le concierge rentre en murmurant dans sa loge. Thomas monte lentement en s'appuyant au mur et en pro-

tégeant la tête de la femme. Sa forte poitrine laisse échapper un souffle puissant : C'est lourd, un quasi-cadavre.

Troisième étage. Thomas tâtonne, car le concierge s'est bien gardé de l'éclairer. Il trouve la sonnette. Il ne soutient plus le corps que d'un bras. Il sonne; silence. Une seconde fois; silence. Il n'y a personne à l'intérieur.

— La clef! se dit Thomas.

Il fouille dans la poche de la femme et trouve la clef avec des sous et des noix. Il ouvre. Une entrée. Une porte. C'est la chambre à coucher. Le jour qui vient jette une lueur pâle dans la pièce. Thomas voit le lit et y dépose le corps.

Puis, sans bruit, il sort sur le palier et va sonner à la porte en face. On n'entend pas d'abord, mais enfin, du bruit. On parle à l'intérieur.

— Qui est là ?

— Votre amie Clara se meurt, elle a besoin de vous.

— Ah! encore des farces ! je ne peux pas me déranger... j'ai du monde.

— Elle se meurt !...

— Quoi ?

— Elle se meurt, vous dis-je. Venez.

La porte s'entr'ouvre et la voisine jette, à la lueur d'une lanterne d'appartement, un regard sur Vireloque. Elle referme précipitamment.

— Allez-vous-en ! ou j'appelle le concierge.

Thomas continue à parlementer.

— Elle était au Helder... elle a eu, je crois, une congestion cérébrale... un coup de sang... et on m'a chargé de la ramener.

— Je vais voir cela.

Et la voisine s'éloigne. Thomas l'entend parler à quelqu'un. Le *quelqu'un* semble la rassurer.

— Eh ! ce n'est rien. Laisse-moi donc dormir.

— Mais je t'assure, mon petit homme !...

Le *petit homme* se décide à se lever. Thomas rentre chez Clara en laissant la porte ouverte. Il allume deux bougies de cire rose. Il entend le *quelqu'un* d'en face sortir de l'appartement, regarder sur le palier, et enfin, voyant de la lumière chez Clara, se décider à entrer. Thomas s'est placé dans l'ombre. L'homme s'approche du lit, voit ce visage décomposé, ces yeux de morte.

— Croyez-vous, lui dit Thomas, que j'aie menti en disant que cette femme se meurt.

On ne le regarde même pas, mais on sort précipitamment en murmurant :

On me reprendra à ces petites fêtes de famille !

Enfin, quelques minutes après, la voisine, édifiée sans doute par le récit de son *petit homme*, vient 'elle-même et commence à donner des soins à la pauvre femme.

* *
*

Dix heures du matin. L'appartement de Clara se compose de l'entrée, d'un petit salon et de la chambre à coucher.

**Dans la chambre à coucher, Clara, déshabillée, est

immobile dans son lit. Sa tête est plus pâle encore, des teintes violacées cerclent les yeux. Sa bouche se contracte comme si elle voulait parler. De temps en temps, des mots s'échappent de ses lèvres :

— Maman !... mon petit enfant... dada... joujou !

Telles sont les dernières pensées qui semblent émerger de cette intelligence qui s'éteint.

De ses mains qui se crispent, elle cherche le drap qu'elle tente de ramener sur son visage. On entend dans sa poitrine un bruit étrange, comme un ronflement. C'est l'agonie.

Thomas Vireloque est assis sur une chaise basse, au pied de ce lit de mort, la tête penchée sur sa poitrine, son bâton entre ses jambes. Il écoute des voix qui parlent dans la pièce à côté.

— Je lui avais toujours dit, s'écrie une femme, qu'elle finirait comme cela. Elle n'était pas taillée pour la noce.

— Et puis, répond une autre, elle n'en avait pas besoin. Elle avait sa clientèle. Son dernier sérieux lui avait laissé un joli mobilier... et du linge. Elle n'avait plus qu'à *travailler* tranquillement et à faire des économies.

— Est-ce qu'elle n'avait pas quelqu'un ?

— Ah ! oui, des bêtises... un petit jeune homme qui n'a pas le sou. Toujours la tête fêlée, quoi...

Thomas dit à demi-mot :

— Misère et corde ! Amour, commerce ; la santé est

un capital, il s'agit de le bien exploiter. La femme, pureté d'hier, ignominie de demain !...

*
* *

On sonne. Voici ce que Thomas entend :
Une voix d'homme, voix avinée...

— De quoi? de quoi? malade? plus souvent, je la connais... c'est qu'il y a du monde. Eh bien ! on s'en va... faut pas gêner le commerce. Ça ne sera pas long. Je vais faire un tour, et puis je reviendrai.

En criant un peu plus fort :

— A tout à l'heure... mais qu'elle se dépêche.

Un frisson de dégoût soulève la poitrine de Thomas qui s'approche de la moribonde et lui pose la main sur le front.

— Va, meurs, pauvre misérable. Tu as pris la mauvaise voie, tu as mal vécu; misère et corde! tu meurs mal. Il faut qu'un mendiant veille à ton chevet. N'écoute pas, n'entends pas... n'entends pas ces femmes qui font l'inventaire de tes robes et comptent tes chemises... en estimant les chemises de combat. Tu as aimé, dit-on. Qui? Quoi ? Tu as aimé la paresse, l'insouciance, la vie facile, l'ivresse, l'orgie... c'est l'orgie qui veille à côté de toi... c'est elle qui salue de phrases honteuses la fin de cette comédie sinistre...

Dans le petit salon :

— Il s'est ruiné pour elle... et si elle n'avait pas eu

son premier mobilier vendu par justice, il y aurait ici pour deux cent mille francs de meubles...

— Vois donc cette console, Nina !

— Elle a coûté trois mille francs... Sa chambre à coucher vaut douze cents francs... et en somme, elle ne valait pas cela, cette Clara, car elle n'est pas jolie...

— Si au moins elle avait de l'esprit !...

— Non, mais faut le dire... elle avait du chien. En voilà une qui égayait un souper, et rigolait crânement...

— Et puis les hommes aiment qu'on les plume... et elle s'y entendait.

— Si on allait chercher un prêtre!. .

— Pas la peine ! Seulement faut lui mettre dans les mains une branche de buis bénit...

Une femme sort et revient un instant après avec le rameau. Elle appelle Thomas et lui parle à voix basse.

* * *

Thomas au chevet, la branche de buis à la main.

— Femme qui meurs, mérites-tu que je place ceci dans ta main ?... Religion, christianisme, rien! rien !... mais humanité, tout! Que ceci soit le rameau du pardon... Tu n'as été ni femme ni mère... tu as vécu seule... tu meurs seule... Misère et corde ! tu avais une mission à remplir... l'as-tu remplie? Non. Mais est-ce ta faute... ou la nôtre ? Qui a volé ta virginité ? qui l'a jetée au chemin... au trottoir ? qui a fait tes mains blanches ?... Moi... un autre... celui-ci... celui-là...

De quel droit ne te pardonnerai-je pas ?. . Prends ce rameau. La société n'a rien à te reprocher. Elle t'a faite
et procréée... tu es sa fille !

On entend des éclats de rire dans le petit salon.

Thomas Vireloque sort lentement de la chambre à
coucher. On se tait.

— Elle est morte, dit-il,

Et il s'en va.

Les femmes se partagent les petits bibelots de l'éta-
gère.

XV

HOCHETS ET JOUETS

XV

HOCHETS ET JOUETS

Je me promenais hier soir avec un provincial de mes amis, sur le boulevard Montmartre, et, depuis quelque temps, je remarquais sur son visage les marques, non équivoques, d'une stupéfaction toujours croissante, sans que je pusse en comprendre le motif.

— C'est étonnant, murmura-t-il enfin.

— Quoi donc?

— Tenez, reprit-il en semblant faire un effort sur lui-même, la question que je vais vous adresser vous paraîtra peut-être bien ridicule, mais depuis que je suis à Paris, je fais à chaque pas une remarque qui me remplit de surprise... Dans ma ville de province, un homme décoré de la Légion d'honneur est une sorte d'autorité, on le remarque, on le connaît, on le montre du doigt, l'enfant qui passe pourrait dire où, comment et pourquoi il a été décoré. Ici, je ne fais pas vingt pas sans rencontrer une boutonnière d'un rouge éblouissant, le

plus souvent même, ce n'est pas un simple ruban, c'est
la rosette... voyez plutôt...

Et il me désigna un individu qui venait à nous.

— Celui-ci a vingt-cinq ans à peine ; ce n'est pas un
militaire, cela se voit, du reste. Ce n'est pas non plus
un fonctionnaire ayant gagné ses chevrons à la pointe
de ses vingt-cinq ans de service, à moins qu'il n'ait com-
mencé au biberon à *expédier* des lettres ministérielles...
Sa physionomie n'a rien d'intelligent... Ses traits ne me
rappellent aucune de nos gloires, je dirai même, la
moindre de nos notoriétés photographiées... Comment
est-il décoré de la Légion d'honneur?

— Mon cher ami, répondis-je au provincial ébahi,
c'est bien simple... cette décoration n'appartient pas à
la Légion d'honneur.

*
* *

— Mais elle est rouge?
— Elle paraît rouge...
— Comment? elle paraît?
— Attendez.

Nous nous arrêtâmes devant une boutique où s'entas-
sait une masse énorme de rubans de toutes nuances et
de tous reflets, et je lui fis remarquer que bon nombre
de ces rubans avaient exactement la même teinte que
celui de la Légion d'honneur, mais s'en distinguaient
par une raie assez étroite, de telle ou telle autre couleur.

— Rien de plus simple. En se passant à la boutonnière le petit bout de ruban, on dissimule la raie en question et le tour est fait.

Voyez-vous, dis-je à mon ami. Nous sommes et serons toujours des pantins, pour ne pas dire des laquais. Nous accordons tout respect à l'apparence et nous nous inclinons bien bas devant un bonhomme quelconque, du moment qu'il semble affublé de n'importe quelle distinction, alors même que nous n'en comprenons ni la réalité, ni la raison d'être. Paris fourmille de princes, de ducs, de comtes, de barons et autres bariolés dont on rit par derrière, mais qu'on salue par devant. Nous sommes tout particulièrement infectés d'Italiens, de Polonais, d'Espagnols plus ou moins authentiques, et qui gagnent une ombre de considération, grâce à ces ombres de distinction. Mais un titre, cela coûte encore cher, car je ne parle bien entendu que des titres parcheminés. Il faut acheter cela, comme une denrée, sur un marché toujours ouvert, mais il faut des capitaux. Une décoration étrangère, au contraire, s'acquiert relativement à bon marché : par une brochure dédiée à un potentat vénézuelien ou araucanien quelconque, par un présent donné à son représentant, par une courbette faite à propos.

On le sait, et la décoration étrangère perd beaucoup de son prestige.

J'ai, sur les décorations, des opinions à part et que j'exposerai un de ces jours; mais quoi qu'il en soit de mes appréciations personnelles, les *chiffonniers* de décorations jettent de préférence leur crochet sur celles qui singent la Légion d'honneur, la seule qui soit réellement honorée dans notre pays.

Voici généralement le dialogue qui s'établit entre l'acheteur et le vendeur.

— Je voudrais une décoration étrangère.

— Bien. Pouvez-vous payer cher?

— C'est selon... si elle est rouge, je me résignerai à un sacrifice.

— Marché conclu alors.

Et vous rencontrez à quelque temps de là un monsieur auquel vous tenez médiocrement à donner la main et qui se dodeline avec sa boutonnière cramoisie... Lui ne rougit pas de son escroquerie déguisée... et c'est avec componction qu'il reçoit les félicitations de ses connaissances, lesquelles n'osent même pas lui adresser la question devenue injurieuse :

— C'est bien la Légion d'honneur?

*
* *

Au bout de quelques mois, le tour est fait. Le monsieur a fini par se persuader à lui-même qu'il a rendu à son pays quelque éminent service.

Il faut le voir se présenter au contrôle d'un théâtre avec des billets de faveur. Par ce temps froid qui vient, il porte double vêtement. Il rejette négligemment sur son épaule le paletot déjà orné de la paillette écarlate, et laisse voir la redingote également tachée de rouge. L'employé ne peut se défendre d'un certain éblouissement, et le monsieur décoré est placé aux meilleurs fauteuils.

Les balayeuses de trottoirs considèrent l'homme dé-

coré comme un soupeur sérieux ; les restaurateurs sont
souples et coulants avec lui; dans une discussion ou
une rixe, l'agent de l'autorité conservera tout son sang-
froid poli devant ce *Mane, Thecel, Phares* de la civilisation.

Et ce bout de ruban qui produit tant de miracles s'in-
titule tout simplement le *chien rouge* de la Terre de Van
Diemen ou le *Soleil rutilant* de la principauté de *Bla-
guenfeld.*

* * *

Il serait temps, ce me semble, de happer au collet ces
pick-pockets de considération, qui nous *font* notre estime, comme les autres notre mouchoir.

· Ce ruban rouge appartient et ne doit appartenir qu'à
la Légion d'honneur.

Les *raies* multicolores ne sont que des plaisanteries
inutiles, ainsi que l'ont bien compris messieurs les mendiants de chancellerie.

Si les décorations étrangères ont été acquises pour des
services réels, pourquoi donc s'efforcer avec tant de soin
de leur donner une apparence qui les fasse prendre pour
autre chose que ce qu'elles sont? Je ne puis croire que
ce soient les boutonnières elles-mêmes qui rougissent de
honte d'être ainsi adornées. Les décorés y mettent, à vrai
dire, trop de bonne volonté.

* * *

Voulez-vous un exemple de ce que j'avance.

Promenez-vous sur le boulevard à l'heure où les cafés se remplissent; entrez dans un des restaurants les plus connus, et vous verrez un individu, que je ne veux pas désigner d'une façon plus directe, mais qui se reconnaîtra au récit qui va suivre. Ce monsieur étale à sa boutonnière un imposant ruban rouge. Je ne me suis jamais assez rapproché de lui (imitez-moi d'ailleurs) pour distinguer s'il y a *raie* ou non; mais soyez certain qu'il n'est pas question là d'honneur !

Voici l'aventure dont ce décoré de l'*Ours étincelant*, de Tunisie, a été le héros :

Il y a de cela quelques années déjà. L'homme était secrétaire d'un de nos journalistes les plus connus.

Ce dernier entretenait alors une correspondance assidue avec une dame bien posée dans le monde : c'était une liaison sérieuse, comme on n'en rencontre pas deux dans sa vie. Le journaliste gardait les lettres reçues comme une relique d'affection, car il estimait celle qu'il aimait. Le secrétaire, qui était en même temps caissier, surprit le secret de cette liaison, et, dès lors, il manœuvra si bien qu'il sût où le journaliste serrait les lettres en question, et un beau jour il s'en empara.

Alors, fort de son titre de caissier, il se mit à *barbotter* à pleines mains dans les deniers de son patron. Celui-ci s'en aperçut. C'était le quatrième secrétaire qui abusait de sa confiance. Cela devenait chronique. D'une nature vive et primesautière, il vint trouver son caissier.

— Monsieur, lui dit-il brusquement, vous êtes un voleur !

— Monsieur !

— Voici les preuves... Je vais adresser immédiate-
ment une plainte au parquet...

— Vous ne ferez pas cela!

— Si fait.

— Vous ne ferez pas cela, vous dis-je, et la preuve, la
voici : J'ai entre les mains les lettres que vous a adres-
sées Mme X..., et si vous me perdez, ces adorables manuscrits seront adressés à son mari!

Que vouliez-vous que fît le journaliste?

Il recula, et se contenta de jeter l'homme à la porte.

*
* *

L'homme porte à sa boutonnière un ruban rouge...
Croyez-vous qu'il s'agisse là d'*honneur ;* comme je vous
le disais plus haut.

Cet homme vole-t-il, oui ou non, la considération des
ignorants et des imbéciles?

Croyez-moi, guerre au ruban rouge, quand il n'a pas
été enregistré au *Moniteur.*

— Au *Moniteur !* fit une voix. Eh bien! Après!

Je me retournai. Thomas Vireloque était là, drapé sous
ses haillons, le menton appuyé sur son grand bâton,
clignant de son œil borgne.

— Que veux tu dire?

— Misère et corde! je veux dire que rouge ou bleu,
tout ruban est un hochet. Ridicule qui s'en affuble;
inepte qui en tire vanité; valet qui l'honore.

Oui, après? Vous avez été honnête, faut-il donc vous
primer comme un bœuf gras. Les autres sont-ils donc si
pieds plats qu'il faille vous distinguer d'eux, et crier à

tous : Ceux-là, ce n'est rien. Celui-là, c'est quelque
chose. L'honneur est-il donc chose si rare qu'il faille
le marquer d'un signe comme un colis de la douane. Celui qui mérite d'être estimé doit donc être signé au
front comme un animal curieux. Vous vous méprisez
vous-même. De toutes les décorations, une seule est vraie,
digne et honnête, c'est un front calme et rayonnant de
l'estime publique... Misère et corde! Pas de décorations
et de la conscience!... cela vaut mieux.

Thomas Vireloque me tourna le dos et s'en alla.

XVI

LA GÉNÉRATION INCONNUE

XVI

LA GÉNÉRATION INCONNUE

Et Thomas Vireloque allait devant lui, regardant à chaque carrefour les étrangetés morales qui s'accroupissent aux coins de notre société. Son âpre probité s'étonnait, s'irritait même.

Il se demandait : pourquoi ceci ? Et quand il avait compris que ceci avait germé d'une semence de bassesse ou de ridicule vanité ; il souriait, et c'est à peine s'il jetait, avec ce sourire, un mot de mépris insolent.

Comment aurait-il compris ce que nous sommes, lui, l'exilé social, qui s'était retrempé dans la solitude, qui s'était placé en face de sa conscience, l'avait frappée du doigt, comme fait le docteur auscultant un malade, et avait écouté chacune de ses pulsations, chacun de ses soupirs.

Un jour, Thomas, l'homme aveugle, qui s'était égaré

dans l'obscurité, Thomas avait vu je ne sais quelle lueur poindre au loin dans le vague de ses aspirations ; il avait aperçu un foyer dont les reflets lui étaient inconnus. Ce foyer avait un double rayonnement : rayonnement de clarté, rayonnement de chaleur ; clarté qui l'illuminait, chaleur qui le réconfortait.

Il s'était approché, timide d'abord, hésitant. Il avait interrogé cette lumière, et tout à coup il lui avait semblé que quelque chose germait en lui à ce soleil vivifiant.

Ce quelque chose, il le nomma.

C'était la justice.

Et voilà que Thomas Vireloque passa en revue sa vie tout entière ; il lui paraissait qu'il feuilletât un livre inconnu.

Comment ! cette page porte mon nom. Comment ! c'est moi qui ai tracé celle-ci. Comment ! ces lignes qui parlent d'amour, c'est moi qui les ai écrites ? Celles-ci, qui chantent l'amitié, j'en ai dessiné les caractères ? Ces autres, qui racontent l'estime, elles sont de ma main ? Impossible ! Que veulent dire ces mots accouplés à de telles choses ? Où est dans tout cela l'amour, où est l'amitié, où est l'estime ? Quels hommes étaient donc ceux-là ? Quel homme étais-je donc moi-même ?

Justice ! tu t'étais levée sur tout cela, comme fait le soleil dans les brouillards du matin ; tu avais étincelé ! et tout cela, qui n'était qu'ombre et ténèbres, se dissipait comme un mirage !

Justice ! ta statue immaculée, se drapant dans son vêtement de simple probité, se dressait au bout d'une longue route,

Thomas Vireloque s'aperçut qu'il te tournait le dos, et il fit volte-face.

De toute sa vie passée, que restait-il ? La foi ? Non ! il savait, donc il ne croyait plus. L'esclave avait disparu. L'homme seul était debout.

L'espérance ! en qui ? en quoi ?

Il restait à Thomas Vireloque la conscience, l'expérience.

Il voyait l'homme petit et se prenait à rougir d'être homme.

Ce fut sa dernière faiblesse.

Quand il se retrouva au milieu de cette société qu'il avait fuie par dédain, il eut un mouvement de découragement, il désira reculer. Puis s'interrogeant une dernière fois, il se reconnut, il sentit qu'il était homme et que comme tel il appartenait aux hommes.

Et il se dit :

— Pourquoi n'irais-je pas tout droit dans mon chemin ? Pourquoi ne parlerais-je pas bien haut ? Ah ! les petits et les mesquins ! Pourquoi les dominant ne leur ferais-je pas honte de leur petitesse même ?

Longtemps il secoua sur ces mirmidonneries les plis de son manteau et passa, ironique et majestueux, comme Diogène.

Puis il leva de nouveau les yeux sur la statue de la Justice, et il s'aperçut qu'elle avait baissé la tête et s'était voilé le front.

— Pourquoi ?

— Parce que l'orgueil ne sied à personne; parce que justice veut dire solidarité; parce que mépriser c'est s'enorgueillir; parce que passer, c'est déserter et que le soldat du droit doit rester quand même sur la brèche, au premier rang, parce qu'il doit combattre de la parole et de la pensée, parce que la main est faite pour relever et non pour souffleter.

— Va, lui disait la statue, pense et parle ! Parcours d'un pas infatigué ce labyrinthe qui s'enchevêtre, perce ces broussailles qui s'appellent vanité, lâcheté, faiblesse. C'est ta mission, c'est ton devoir.

Et ce n'avait pas été un des moindres étonnements de Thomas que de rencontrer partout, dans quelque classe de la société qu'il expérimentât, la même nullité, la même indifférence.

L'indifférence ; connaissait-il donc ce mot, pouvait-il bien saisir tout ce qu'il représente, renferme de néant et d'impuissance ?

Né avec le siècle, Thomas avait, dès sa puberté, connu l'enthousiasme, enthousiasme partiel, enivrement de poudre et de sang ; puis son cœur s'était ouvert à la haine, haine inconsciante, irraisonnée, passion de nationalité : 1815 venait de sonner.

Il avait vécu, cet homme devenu raisonnable aujourd'hui, à travers les impatiences de la restauration, et, âgé de trente ans, il avait salué cette seconde Bastille qui s'était écroulée.

Alors vivre, c'était se passionner. Haines et amours étaient vivaces, vigoureuses. On se sentait marcher, aller en avant. On devinait que derrière ces rideaux qui voilaient l'avenir, quelque chose de grand se préparait.

Comme ces décors magnifiques qu'annoncent derrière la toile les coups de marteau du machiniste.

Un matin, l'orchestre joua l'ouverture. C'était *la Marseillaise*, et le drame de 1848 se déroula à la face du parterre humain, qui battit des mains et du cœur.

Inutile de dire comment, à peu de temps de là, Thomas Vireloque, baissant la tête, alla s'enfouir, braconnier de justice, dans le fond d'une province, et comment là, vivant avec les loups et les vagabonds, il devint ce qu'il est aujourd'hui.

L'homme au langage âpre et à la voix rude, le Diogène ironique et le mépriseur...

Il regardait ces êtres qui affichaient la prétention d'être vivants, et il se demandait si ce n'était pas la mort qui aujourd'hui s'intitulait la vie.

Il regardait ces hommes froissés et meurtris, renversés et foulés aux pieds, et levant les yeux, non pour maudire, mais pour gronder hypocritement.

Il regardait ces bras inertes et ces têtes vides.

Il regardait ces sourires, il écoutait ces dithyrambes, il entendait ces palinodies.

Il regardait tout cela...

Et de temps en temps le vieil homme se réveillait en lui, le cynique n'était plus, le penseur se sentait galvanisé ; je l'ai entendu et j'ai recueilli bien des mots tombés de ses lèvres. J'ai recueilli encore bien des notes écrites de sa main ; dans un jour d'espérance, il traça les lignes suivantes, qui correspondaient à l'une de ses plus incessantes préoccupations, l'avenir !

———— — ————

Il se passe auprès de nous, à nos côtés, des faits la-

tents, mais considérables dans leur essence et dans leurs
conséquences probables. De ceux-là, les écrivains ne se
préoccupent point, parce qu'ils ne se signalent par aucun des points d'exclamation dont se marquent bruyam-
ment les aventures de la vie quotidienne. Le bruit, et
trop souvent le scandale attirent l'attention vers telle ou
telle manifestation de l'actualité, qui mériterait à peine
un mot de blâme ou un regard de mépris. Mais comme
les petits faits se produisent à chaque jour, à chaque
heure, pour ainsi dire à chaque minute, l'attention s'ab-
sorbe dans cette petite guerre d'observations, et l'on ne
tient pas compte des grandes parties qui s'organisent
et s'élaborent dans l'ombre brumeuse du passé et du
présent.

Le flot qui passe est couvert d'écume. L'écume est
brillante, nous la voyons, et nous oublions le flot qui la
porte.

*
* *

Un de ces faits non compris, non connus, non étu-
diés, c'est la formation dans les entrailles de la société actuelle d'une génération nouvelle qui grandit
silencieusement, comme l'embryon dans le sein mater-
nel. Elle frappe bien quelquefois sa prison de coups
redoublés; mais ces coups résonnent trop sourdement.
La mère, c'est-à-dire la société, la sent s'agiter en elle;
mais à l'extérieur, rien ne la révèle, et cependant elle
existe :

E pur si muove!

*
* *

Quelle est donc cette génération ? Et n'est-ce pas s'a-
buser que de prétendre que la société à venir ne con-
siste pas toute entière dans les *petits crevés*, dont la
chronique bafoue la nullité. Les *petits crevés* ne sont pas
tout. Ils ne sont rien. Ils sont au dix-neuvième siècle
ce que la bande des mignons était à l'époque de
Henri III ; les raffinés, aux ruelles de Louis XIII ; les in-
croyables, au Directoire.

*
* *

Ce sont les inintelligents de tous les temps, les oisifs
de toutes les générations. Il se nomment paresse, indifférence, nullité. Ils trouvent lourde la charge de la vie,
et ils préfèrent ne point vivre. Libre à eux ! Ce sont
des ilotes qui s'enivrent de ridicule et de stupidité, se
montrant comme exemple à ceux qui passent et qui
les méprisent.

*
* *

Il y a la génération passée, dont il convient de dire
un mot, car elle tient sa place, si bien même qu'elle
laisse étouffer à l'étroit ceux qui viennent et qui de-
mandent de l'air. Ceux-là, ce sont les repus et les satis-
faits, qui insultent au mouvement, méprisent et inju-

rient le désir qu'ils n'ont plus, les statues de pierre de l'immobilité, pour ne pas dire du recul.

De ceux-là, c'est assez parler.

*
* *

Quant à ceux qui constituent la génération nouvelle, on ne les voit pas, on ne les entend pas.

Ils ne sont ni gais, ni bruyants. Ils sont en quelque sorte repliés sur eux-mêmes comme l'athlète qui attend le signal pour bondir en avant.

Vous pouvez les voir passer, si vous êtes curieux. Ils ont la tête baissée et le regard à terre, contrairement à la génération de 1830 qui avait les yeux au ciel : Froids par nature et par nécessité, ils se sont fait un idéal de granit, sans nuage, sans draperie, sans rien de séduisant pour l'œil. Ce sont les ascètes de la civilisation, et comme saint Siméon le Stylite, ils contemplent et attendent que leur *desideratum* se manifeste sous forme visible.

Cet idéal ils l'appellent Justice.

Un beau mot, dont ils ont pendant de longues années étudié la signification réelle.

*
* *

La génération nouvelle attend que le jour soit venu. Elle ne donne rien au hasard, rien à l'imprévu. Elle ne cherche pas à faire parler d'elle et se reprocherait une imprudence comme un crime. Elle sait ce qu'elle veut,

elle sait où elle va. Seulement, comme les chemins sont
obstrués, comme d'énormes barrières se dressent devant
elle, elle comprend que, peut-être, son jour ne viendra
jamais, et elle est triste.

*
* *

Les cercles sont peu nombreux. On y parle peu, et la
langue dont on se sert n'a presque point de sens pour
ceux qui sont habitués au jargon actuel.

Elle a placé en avant quelques sentinelles qui vivent
de la vie générale et sont chargées de la tenir au courant du mouvement des hommes et des choses. Ces
quelques hommes se reconnaissent et se crient de l'un
à l'autre : Veillez !

*
* *

Donc, je l'affirme, on ne connaît pas la génération
actuelle ; à peine même sait-on qu'elle existe : ce
qui explique ces nullités sans nombre, ces volumes
étranges, ces immoralités brochées, que les ignorants ou les malveillants font faussement figurer à son
compte. Sur le grand-livre de l'avenir, la génération
actuelle n'a encore rien inscrit à son crédit; mais la
liste de son *débit* est longue. Ce sera un compte à sol-
der un jour, et la balance sera difficile.

*
* *

Ce qui prouve que Vireloque, quoi qu'il en ait, croit
encore à l'humanité.

XVII

NOTES ET PENSÉES

NOTES ET PENSÉES

Quand on fouille dans un égout, on peut trouver un diamant. Quand on fouille dans l'humanité, on n'y peut trouver que de la boue.

*
* *

Dans la boue, il y a cependant de l'eau qui a été pure et que l'on peut distiller.

*
* *

Conquérant, gourmand... il y a toujours gastralgie.

*
* *

Il n'y a pas d'innocents; il n'y a que des impunis.

6.

*
* *

La France est un corps, Paris est un cerveau. Le cerveau est souvent frappé d'apoplexie. Il faut des saignées.

*
* *

De l'uniforme à la livrée, il n'y a que la distance d'un préjugé.

*
* *

Régner par la force, c'est s'avouer trop faible pour régner.

*
* *

Faire un serment, c'est douter de sa probité et de celle des autres.

*
* *

Dissimulation, décence.

*
* *

Pourquoi, dans le monde, vous recommande-t-on la

discrétion et la prudence ? Parce qu'en entrant dans un
bois, il n'est pas bon de montrer ce que l'on a dans sa
poche.

*
* *

Être amoureux, c'est se vendre pour un plaisir.

*
* *

L'excentricité est la négation de la force.

*
* *

On ne descend pas deux fois dans cette fosse qu'on
appelle l'étude de l'humanité ; à la première fois, on est
asphyxié.

*
* *

Aimer les éloges, c'est confesser qu'on ne les mérite
pas.

*
* *

Répéter que l'on est honnête, c'est offrir de ne l'être
pas.

*
* *

Un homme avait faim ; auprès de lui, pleurait son enfant qui avait faim. Je lui demandai :

— Volerais-tu ?
— Non.
— Tuerais-tu ?
— Oui.

*
* *

Tout crime implique un |réquisitoire contre la société.

*
* *

Qui se plaint de l'ingratitude de l'obligé avoue qu'il a prêté à usure.

*
* *

Indifférent, impuissant !

*
* *

Avoir la foi, c'est reconnaître qu'on ne peut raisonner.

*
* *

Les mendiants sont des sentinelles posées par l'humanité, pour crier à ceux qui s'endorment: Veillez !
veillez!

*
* *

L'homme est une traite tirée par la nature sur des
facultés, disent les philosophes.
— Une traite, — où se trouve mon acceptation?

*
* *

Le plus souvent on ne reconnaît une erreur que pour
laisser supposer qu'on connaît actuellement la vérité.

*
* *

Impartialité — nullité ou lâcheté.

*
* *

Qui attend une occasion est impuissant à la faire
naître.

*
* *

Toute opposition est juste, car tout est mauvais.

*
* *

Le premier qui vit l'aurore annonça que le jour viendrait ; on cria au paradoxe.

*
* *

Il n'y a de haines réelles que celles qui conduisent au
crime.

*
* *

Aujourd'hui est un capital dont il vous sera demandé
compte demain.

*
* *

Se défie de tout le monde celui qui ne peut résister à
personne.

*
* *

Pythagore a dit quelque part : Subir une injustice n'est
rien ; en commettre une, est tout.

*
* *

Remords — insuccès.

*
* *

Honnêteté — rudesse. = Improbité — politesse.

*
* *

Je n'ai pas de patrie, car j'ai toutes les patries.

*
* *

Le plus modeste est orgueilleux de sa modestie.

*
* *

Beaucoup de femmes m'ont dit : Je voudrais rencontrer un homme que j'aimasse et qui me fît vivre. Alors je serais heureuse.

— Sinon ?

— Je trouverai des hommes qui m'aimeront et me feront vivre.

*
* *

Entassez l'un sur l'autre les mots : penser, jouir,

aimer, régner, réussir, travailler, grandir... toutes ces idées disparaissent devant ce seul mot: manger.

*
* *

On est déshonnête par tempérament, honnête par hasard.

*
* *

A l'homme qui me dira que je désespère de l'humanité, je répondrai que c'est lui qui m'a fait douter d'elle.

*
* *

Pour savoir régner, il faut savoir mépriser.

*
* *

Qui parle de ses nombreux amis n'a pas le droit de parler d'amitié.

*
* *

Le courtisan est un mendiant qui a fait de sa conscience une sébile.

*
* *

Le solliciteur n'est qu'un pick-pocket autorisé.

*
* *

Le dieu des chrétiens permet à Satan de tenter l'homme;

Que dit-on d'un tyran qui envoie des agents provocateurs?

*
* *

Tradition — trahison.

*
* *

L'homme se sent si faible qu'il s'agenouille devant tout.

Prenez-le dans la solitude, à l'état sauvage, au milieu de cette immense nature qui semble l'écraser.

Le soleil se lève.... disque flamboyant qui sort des entrailles de l'inconnu; fournaise dont accouche un foyer innommé... s'il allait se détacher de cette voûte, tomber, m'anéantir !...

A genoux devant le soleil !

Roulement et fracas. C'est l'avalanche, c'est la mort qui s'élance et rebondit de roche en roche !...

A genoux devant le torrent.

A genoux devant tout... l'homme est entier dans ces quatre mots.

Et pourtant, sur tout il peut mettre le pied, tandis que sur sa conscience nul ne peut mettre même le bout du doigt !

Toute compression finit par l'explosion.

PRIÈRE DE THOMAS VIRELOQUE.

O toi, que je connais et que je sais être capable de comprendre le bien ; toi, Thomas Vireloque, je t'adjure, te dégageant de toutes les préoccupations qui font la conscience hésitante et la raison timide, d'être aujourd'hui honnête, demain honnête, et je ne te souhaite que de pouvoir dire : Hier, j'ai été digne de moi-même.

XVIII

LA FOSSE COMMUNE

XVIII

LA FOSSE COMMUNE

— Ça, ma carcasse, causons un peu.

Depuis quelque temps on s'occupe beaucoup de vous, et vous me paraissez prendre un grand intérêt aux différentes thèses qui se soutiennent de part et d'autre. Donc, écoutez-moi, et veuillez me dire si décidément vous avez de votre valeur une opinion si haute. La grande question, qui vous préoccupe à si grand point, est de savoir ce qu'on fera de vous, lorsque votre machine sera détraquée; lorsque vous, carcasse, et moi, intelligence, nous serons morts.

D'abord, êtes-vous bien sûre que nous soyons deux; que votre *vous* et mon *moi* soient absolument distincts l'un de l'autre? Ceci est grave, et vous me permettrez, tout en respectant votre opinion, de vous prier de considérer que je vous estime juste à l'égal d'un appareil organisé qui produit l'intelligence et la pensée, comme

une chaudière dégage la vapeur, comme une pile dégage l'électricité.

Quand les rouages s'arrêtent, quand les agrégations
sont désorganisées, la production s'arrête. Vous, vous
devenez inerte; moi, je n'existe plus. Le producteur —
le corps — étant annihilé, la pensée — produit — ne se
dégage plus.

Donc vous restez à l'état de vieille ferraille, de vieille
fonte, de vieille roue édentée, de ressort cassé, de chose
inutile, impuissante, de cadavre.

Et vous me demandez ce qu'on fera du cadavre.

*
* *

Je ne vous dissimulerai pas plus longtemps que, dans
l'état actuel des choses, votre compte eût été bien
promptement réglé. D'après ma volonté formelle, on
vous eût douillettement envoyée à la fosse commune.

Ah! voici où le bât vous blesse. Misère et corde ! pas
tant d'amour-propre. Vous n'êtes pas, après tout, telle-
ment habituée à vos aises. Vous êtes purement et simplement la carcasse d'un vagabond, un peu plus intelligent qu'un autre, je l'admets. Mais, en somme, où avez-
vous donc appris à rêver des lits capitonnés et taillés à
votre mesure?

Vous avez été contente, très-souvent, de vous étendre
sur le bord pierreux d'une route, et j'imagine qu'il n'y
avait rien là qui pût vous rendre si délicate.

Vous vous êtes nourrie un peu de tout et un peu partout. Vous vous êtes déchirée à bien des ronces et

heurtée à bien des angles. Or, parce que je vous ai me-
née de droite à gauche, et vous ai fait coudoyer des
grandeurs et des oripeaux, vous vous croyez quelque
chose. Souvenez-vous donc, je vous en prie.

Quand vous étiez petite, vous alliez pieds nus par les
chemins et vous vous déchiriez aux cailloux. Vous vous
rouliez dans la poussière et vous vous trempiez dans la
première mare venue.

Plus tard, vous n'avez pas rougi de vous asseoir sur
le banc de bois d'un cabaret, ou de vous enfouir dans les
bottes de paille de l'étable.

Aujourd'hui que vous vieillissez, je vous dorlotte un
peu et veux bien vous mettre toutes les nuits à couvert.
Mais il ne faudrait pas vous y habituer, car il se peut que
demain vous vous trouviez, fatiguée et trop heureuse
de vous appuyer sur un bâton, le long d'un sentier de
campagne.

Donc, ne soyez pas plus bégueule après qu'avant, s'il
vous plaît.

*
* *

Vous n'aimez pas le pêle-mêle de la fosse commune.
Croiriez-vous pas, d'aventure, que cette promiscuité dût
vous déshonorer?

Votre main n'a-t-elle pas serré bien des mains que
vous regrettez aujourd'hui d'avoir touchées? Ne vous êtes-
vous pas mêlée à bien des sociétés qui ne valaient pas
encore celle-là?

Vous avez marché de tous côtés et avez heurté sur

votre route bien des hommes. Etiez-vous donc si fière alors, et vous est-il arrivé, quand vous étiez fatiguée, de refuser de vous asseoir sur le banc qu'on vous offrait, parce que vous ne connaissiez pas les gens qui vous entouraient.

Craignez-vous donc de n'avoir pas toutes vos aises? Pauvre carcasse. Vous vous serrerez un peu, voilà tout, ce ne sera pas la première fois. Ceux qui seront près de vous ne rougiront pas de vous sentir à leur côté. Ne soyez donc pas plus susceptible que ne le seront vos braves voisins.

Vous voulez chambre à part après la mort? A-t-on donc toujours dressé un lit pour vous seule, et n'avez-vous pas été trop heureuse de vous étendre sur un matelas sans vous inquiéter du compagnon qui dormait auprès de vous?

Vous êtes-vous jamais reculée de la table où était servi le repas, sous prétexte que vous n'aviez qu'un petit coin d'escabeau pour votre grandeur?

Quand vous serez devenue repas à votre tour pour les vers du tombeau, prenez donc hardiment place sur la table commune.

Quel est donc aujourd'hui ce bel amour de solitude?

N'ayez crainte, s'il est des gens qui nous regrettent, ils n'auront pas besoin de connaitre la place exacte où vous aurez été enterrée. Leur pensée saura bien vous retrouver. Le souvenir de ceux qui vous estiment est la seule tombe que doive envier l'honnête homme...

Pour vous, carcasse, allez où vous voudrez, et ne me rebattez plus les oreilles de vos prétentions aristocratiques.

*
* *

Vous dites?... Ah! vous voudriez qu'on vous brûlât ?
Pourquoi faire ! pour que vos cendres fussent doucement recueillies dans un vase à deux anses et enfermées
dans quelque musée ouvert aux nécrolâtres.

Ceci vous paraît une concession, parce que vous pren-
driez moins de place. Mais vous tenez à cette condition
essentielle que vous ayez votre petite urne personnelle.
N'étant plus rien, vous exigez qu'on vous considère
comme quelque chose. Vous me faites pitié.

Vous brûler, soit, ma carcasse. Mais alors que vos
cendres soient jetées aux quatre coins du ciel, et qu'on
dise : Ceci a été un homme, utile s'il a été bon, nuisible
s'il a été mauvais. En somme, voici ce qu'il en reste,
rien ! rien ! rien !

Et encore, ne pouvez-vous servir à quelque chose après
votre mort ?

Voyons ! A quoi avez-vous été bonne depuis que vous
êtes née ? Vous avez eu quinze années d'enfance, puis
dix années d'ébriété juvénile. Vous avez travaillé ? Soit ;
mais auriez-vous la prétention de vous en faire un mérite? Vous avez à peine fait votre devoir, et *à peine*
est bien modeste.

Voulez-vous que je vous donne un conseil. Puisque
vous avez tant de vanité, je vous propose une dernière
satisfaction d'amour-propre.

Il y a là-bas, dans le pays, un petit champ apparte-
nant à une vieille femme, un champ de quelques mè-

6..

tres. Elle sue sang et eau pour en tirer quelques légumes, et elle n'en peut mais, car la terre n'est point grasse et elle n'est point assez riche, la misérable, pour faire les frais d'un engrais convenable.

Lorsque je vous sentirai défaillante, je vous mènerai là-bas, au beau milieu de ce champ, je vous étendrai sur le dos, et nous mourrons. Alors, vous décomposant, vous serez fumier, cette terre deviendra féconde et la pauvre vieille vous bénira.

Cela vous va-t-il? Du moins vous aurez servi à quelque chose.

Sinon, attendez paisiblement les événements, et souvenez-vous que vous ne valez pas le vingtième de la peine qu'on se donne pour vous.

Il se fait tard, ma carcasse, couchez-vous, dormez et ne faites pas de mauvais rêves.

THOMAS VIRELOQUE.

FIN

TABLE

TABLE

I

IV

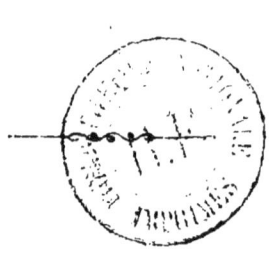

Paris.-Imp. PAUL DUPONT, 45, rue de Grenelle-Saint-Honoré

Paris-Imp. PAUL DUPONT, 45, rue de Grenelle-Saint-Honoré

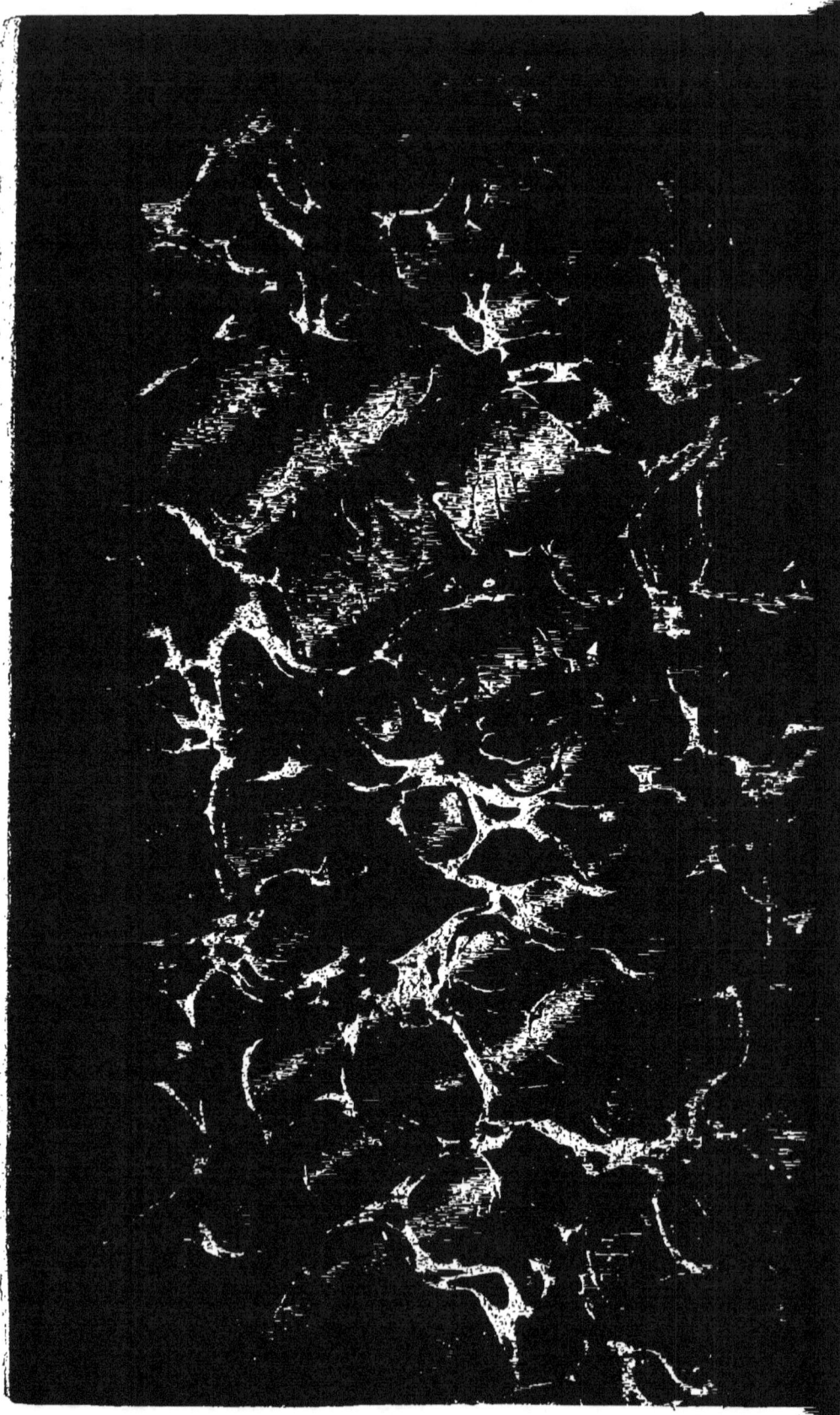